AF544009

GRöLS
Verlage

„BÜCHER SIND WIE FALLSCHIRME. SIE NÜTZEN UNS NICHTS, WENN WIR SIE NICHT ÖFFNEN.“

Gröls Verlag

Redaktionelle Hinweise und Impressum

Das vorliegende Werk wurde zugunsten der Authentizität sehr zurückhaltend bearbeitet. So wurden etwa ursprüngliche Rechtschreibfehler *nicht* systematisch behoben, denn kleine Unvollkommenheiten machen das Buch – wie im Übrigen den Menschen – erst authentisch. Mitunter wurden jedoch zum Beispiel Absätze behutsam neu getrennt, um den Lesefluss zu erleichtern.

Um die Texte zu rekonstruieren, werden antiquarische Bücher von Lesegeräten gescannt und dann durch eine Software lesbar gemacht. Der so entstandene Text wird von Menschen gegengelesen und korrigiert – hierbei treten auch Fehler auf. Wenn Sie ebenfalls antiquarische Texte einreichen möchten, finden Sie weitere Informationen auf www.groels.de

Viel Freude bei der Lektüre wünscht Ihnen das Team des Gröls-Verlags.

Adressen

Verleger: Sophia Gröls, Im Borngrund 26, 61440 Oberursel

Externer Dienstleister für Distribution & Herstellung: BoD, In de Tarpen 42, 22848 Norderstedt

Unsere „Edition | Werke der Weltliteratur“ hat den Anspruch, eine der größten und vollständigsten Sammlungen klassischer Literatur in deutscher Sprache zu sein. Nach und nach versammeln wir hier nicht nur die „üblichen Verdächtigen“ von Goethe bis Schiller, sondern auch Kleinode der vergangenen Jahrhunderte, die – zu Unrecht – drohen, in Vergessenheit zu geraten. Wir kultivieren und kuratieren damit einen der wertvollsten Bereiche der abendländischen Kultur. Kleine Auswahl:

Francis Bacon • Neues Organon • **Balzac** • Glanz und Elend der Kurtisanen • **Joachim H. Campe** • Robinson der Jüngere • **Dante Alighieri** • Die Göttliche Komödie • **Daniel Defoe** • Robinson Crusoe • **Charles Dickens** • Oliver Twist • **Denis Diderot** • Jacques der Fatalist • **Fjodor Dostojewski** • Schuld und Sühne • **Arthur Conan Doyle** • Der Hund von Baskerville • **Marie von Ebner-Eschenbach** • Das Gemeindekind • **Elisabeth von Österreich** • Das Poetische Tagebuch • **Friedrich Engels** • Die Lage der arbeitenden Klasse • **Ludwig Feuerbach** • Das Wesen des Christentums • **Johann G. Fichte** • Reden an die deutsche Nation • **Fitzgerald** • Zärtlich ist die Nacht • **Flaubert** • Madame Bovary • **Gorch Fock** • Seefahrt ist not! • **Theodor Fontane** • Effi Briest • **Robert Musil** • Über die Dummheit • **Edgar Wallace** • Der Frosch mit der Maske • **Jakob Wassermann** • Der Fall Maurizius • **Oscar Wilde** • Das Bildnis des Dorian Grey • **Émile Zola** • Germinal • **Stefan Zweig** • Schachnovelle • **Hugo von Hofmannsthal** • Der Tor und der Tod • **Anton Tschechow** • Ein Heiratsantrag • **Arthur Schnitzler** • Reigen • **Friedrich Schiller** • Kabale und Liebe • **Nicolo Machiavelli** • Der Fürst • **Gotthold E. Lessing** • Nathan der Weise • **Augustinus** • Die Bekenntnisse des heiligen Augustinus • **Marcus Aurelius** • Selbstbetrachtungen • **Charles Baudelaire** • Die Blumen des Bösen • **Harriett Stowe** • Onkel Toms Hütte • **Walter Benjamin** • Deutsche Menschen • **Hugo Bettauer** • Die Stadt ohne Juden • **Lewis Caroll** • *und viele mehr….*

Herman Melville

Bartleby

Ich bin, ich muß es gestehn, nicht mehr der Jüngste. Die Art meiner Berufsgeschäfte hat mich seit nunmehr dreißig Jahren in ungewöhnlich enge Berührung mit einer in mancher Hinsicht merkwürdigen, man kann wohl sagen sonderbaren Sorte von Menschen gebracht, über die meines Wissens noch nie etwas geschrieben worden ist – ich meine die Anwaltsschreiber, die Kopisten in den Kanzleien der Advokaten. Ich habe ihrer eine ganze Menge gekannt, beruflich sowohl wie privat, und könnte, wenn ich wollte, allerlei Historien zum besten geben, zur Erheiterung wackerer Männer, zur tränenseligen Rührung empfindsamer Seelen. Doch will ich aller anderen Kanzleischreiber Lebensgeschichte beiseitelassen und nur einiges aus Bartlebys Leben erzählen, Bartlebys, der ein Schreiber war und zwar der seltsamste, den ich je gesehen, von dem ich je gehört habe. Während ich von anderen Anwaltskopisten den gesamten Lebenslauf niederschreiben könnte, ist bei Bartleby dergleichen nicht möglich. Es existieren wohl überhaupt keine Unterlagen für eine ausführliche, befriedigende Biographie des Mannes: ein unersetzlicher Verlust für die Literatur. Bartleby gehörte zu den Menschen, über die sich nichts ermitteln läßt, es sei denn an den Quellen selbst, und die flossen in seinem Fall nur äußerst spärlich. Was ich mit eigenen erstaunten Augen von Bartleby gesehen habe, das stellt meine gesamte Kenntnis von ihm dar – abgesehen allerdings von einem ziemlich unbestimmten Bericht, der später hier wiedergegeben werden wird.

Bevor ich unseren Schreiber aber einführe, so wie er mir zuerst vor Augen trat, empfiehlt es sich wohl, daß ich erst kurz von mir selber spreche, meinen Angestellten, meinem Büro und allem Drum und Dran – denn eine gewisse Aufklärung darüber ist unentbehrlich für ein richtiges Verständnis der nachher vorzustellenden Hauptperson. Zuvörderst: ich bin ein Mensch, der von Jugend an tief davon überzeugt war, daß man mit einer gemächlichen, sachten Lebensweise am besten fährt. Mag ich also einem Beruf angehören, dem landläufig ein zupackendes, hastiges, ja zuzeiten aufgeregtes Wesen nachgesagt wird, so habe ich doch nie geduldet, daß dergleichen Regungen meinen Frieden störten. Ich zähle zu den Anwälten ohne Ehrgeiz: man wird mich nie vor Gericht plaidieren oder irgendwie auf den Beifall der großen Menge ausgehen sehen, sondern in der kühlen Stille einer behaglichen Klause beschäftige ich mich behaglich mit den Wertpapieren, Hypotheken und Rechtsansprüchen reicher Leute. Unter meinen Bekannten gelte ich ganz allgemein als ein in hohem Maße zuverlässiger Mensch. Der verstorbene John Jacob Astor, eine poetischem Überschwang wenig geneigte Persönlichkeit, trug kein Bedenken, als meine erste hervorstechende Wesenseigentümlichkeit die Vorsicht zu bezeichnen; die zweite sei das planvolle Denken. Nicht um mich dessen zu berühmen, sondern als einfache Tatsache berichte ich bei dieser Gelegenheit, daß ich nicht ohne berufliche Beziehungen zu dem verewigten John Jacob Astor gewesen bin. Seinen Namen, ich gestehe es, wiederhole ich gern; er hat einen runden, sphärenhaften Klang, wie Klirren von Goldbarren. Hinzufügen möchte ich, daß ich für die gute Meinung des seligen John Jacob Astor nicht unempfänglich war.

Schon eine Weile vor dem Zeitpunkt, an dem meine kleine Geschichte beginnt, hatten meine Berufsgeschäfte einen erheblich größeren Umfang angenommen. Das gute alte, im Staat New York inzwischen abgeschaffte Amt eines Beisitzers im Kanzleigericht war mir übertragen worden. Es war nicht mit allzu großen Mühen verbunden, warf aber einen recht angenehmen Ertrag ab. Ich lasse mich nur selten aus der Ruhe bringen und gestatte mir noch seltener eine unbekömmliche Entrüstung über Unrecht und Kränkung; indes in diesem Fall muß ich um Nachsicht für ein erregtes Wort bitten und rundheraus erklären, daß die in der neuen Verfassung verfügte plötzliche und brüske Abschaffung des Amtes eines Beisitzers beim Kanzleigericht in meinen Augen eine – sagen wir eine überstürzte Maßregel darstellt, schon deshalb, weil ich auf einen lebenslänglichen Genuß der Einkünfte gerechnet hatte, während ich sie nun lediglich für ein paar kurze Jahre bezogen habe. Aber dies nebenbei.

Meine Kanzlei befand sich im Oberstock des Hauses Wall Street Nro –. Auf der einen Seite schaute man auf die weiße Wand eines geräumigen Lichtschachts, der das Gebäude von oben nach unten durchzog. Die Aussicht mochte einen vergleichsweise unfrohen Eindruck machen; da ihr ganz fehlte, was in der Sprache der Landschaftsmaler „Leben" heißt. In dieser Hinsicht bot die Aussicht auf der anderen Seite meiner Kanzlei zum mindesten einen Gegensatz, wenn auch keinen Ausgleich. Die in diese Richtung weisenden Fenster gewährten die unbehinderte Aussicht auf eine hohe, von Alter und dauerndem Schatten schwarz gewordene Ziegelmauer; es bedurfte keines Spiegelscherbens, sogenannten Spions, die verborgenen Schönheiten dieses Gemäuers ans Licht zu bringen, denn zum Wohle aller kurzsichtigen Beschauer ragte die Mauer keine zehn Fuß vor meinen Fensterscheiben empor. Bei der großen Höhe der umliegenden Gebäude und dank dem Umstand, daß sich meine Kanzlei im zweiten Stock befand, gemahnte der Zwischenraum zwischen der Ziegelmauer und unserer

Hauswand nicht wenig an einen ungeheuren viereckigen Wasserschacht.

In der Zeit unmittelbar vor Bartlebys Auftreten hatte ich in meiner Kanzlei zwei Kopisten und einen vielversprechenden Jüngling als Bürolehrling. Nummer eins: Turkey – „Puter“; Nummer zwei: Nippers – „Beißzange“; Nummer drei: Ginger Nut – „Pfeffernuß“. Das sind gewiß Namen, derengleichen man im allgemeinen nicht im Adreßbuch findet. Es handelte sich denn auch um Spitznamen, die sich meine drei Angestellten gegenseitig beigelegt hatten, da sich in ihnen die jeweiligen Persönlichkeiten und Wesenseigentümlichkeiten aufs treffendste ausdrückten. Puter war ein untersetzter, asthmatischer Engländer in meinem Alter – das heißt also hart an sechzig. Des Morgens zeigte sein Gesicht, wie man wohl behaupten darf, eine schöne blühende Farbe; nach zwölf Uhr Mittags aber – seiner Essensstunde – flammte es wie ein Kohlenrost zur Weihnachtszeit und zwar – wenn auch vielleicht mit einem allmählichen Abnehmen der Glut – weiter bis sechs Uhr nachmittags. Nach sechs sah ich nichts mehr vom Eigentümer des Gesichtes, das mit der Sonne seinen Zenit erklomm und mit ihr offenbar unterging, am nächsten Tag aufstieg, kulminierte und abermals unterging, in sonnengleicher Regelmäßigkeit und unverminderter Glorie. Ich habe im Laufe meines Lebens allerlei merkwürdige Zufälligkeiten erlebt, und es war gewiß nicht die geringste darunter, daß immer in dem Augenblick, wenn Puter aus seinem roten, leuchtenden Gesicht den vollsten Strahlenglanz entsandte, daß immer in diesem kritischen Moment der Tagesabschnitt begann, da ich mir sagen mußte, daß nun für den Rest der vierundzwanzig Stunden seine Arbeitsfähigkeit wieder auf das empfindlichste gestört sein würde. Nicht als ob er in Untätigkeit versunken wäre oder sich arbeitsunwillig gezeigt hätte – keineswegs. Die Schwierigkeit bestand vielmehr darin: er neigte nun zu einem allzu großen Energieaufwand. Eine seltsame, erhitzte, verworrene und ziellose Betriebsamkeit überkam ihn. Ohne alle Vorsicht tauchte er seine Feder ins Tintenfaß. Seine sämtlichen Tintenkleckse auf meinen Schriftlichkeiten brachte er nach zwölf Uhr mittags an. Nicht genug damit, daß er des Nachmittags unaufmerksam wurde und in betrüblicher

Weise zum Klecksen neigte, er ging an manchen Tagen noch weiter und schlug ziemlichen Lärm. Dann flammte sein Gesicht in gesteigertem Wappenglanz, als hätte man Kannelkohle auf Anthrazit geschüttet. Er vollführte unsympathische Geräusche mit seinem Stuhl, er verschüttete den Streusand und schnitt beim Zurichten seiner Schreibfedern in seiner Ungeduld die Kiele völlig zuschanden, worauf er plötzlich wütend wurde und die Stücke auf die Erde schmiß. Auch sprang er beständig auf, lehnte sich über seinen Tisch und ließ die Papiere wüst umherfahren, ein bei einem älteren Mann wie ihm besonders widriger Anblick. Da er mir jedoch in vieler Hinsicht außerordentlich wertvoll war und während der ganzen Zeit vor zwölf Uhr mittags sich durchaus aufgeweckt und solid erzeigte, auch ein großes Arbeitspensum in vorzüglicher, kaum zu übertreffender Weise hinter sich brachte – aus allen diesen Gründen war ich gewillt, über sein überspanntes Wesen hinwegzusehen, wenn ich ihm auch gelegentlich einmal Vorhaltungen machte. Ich ging dabei stets mit aller Milde zu Werk, weil er – des Morgens die Höflichkeit, ja ich muß schon sagen die Sanftmut und Ehrerbietung selbst – am Nachmittag dazu neigte, im Falle einer Herausforderung mit Worten etwas unbesonnen, ja offen gesagt unverschämt zu werden. Da ich also, wie gesagt, seine vormittäglichen Dienste schätzte und nicht zu entbehren gedachte (gleichzeitig aber von seinem erhitzten Wesen nach der Mittagsstunde unangenehm berührt war) und als ein friedliebender Mensch mir nicht durch meine Ermahnungen unpassende Antworten von ihm zuziehen mochte, so entschloß ich mich an einem Sonnabendmittag (am Sonnabend war es immer besonders schlimm mit ihm), ihm in aller Güte anzudeuten, daß es vielleicht jetzt, wo er in die Jahre käme, angebracht sei, seine Arbeitszeit abzukürzen: er brauche, kurz gesagt, nach zwölf Uhr nicht mehr ins Büro zu kommen, sondern solle sich nur ruhig nach dem Mittagessen nach Hause begeben und bis zum Tee ausruhen. Aber nein: er bestand darauf, auch nachmittags seine Pflicht zu tun. Sein Gesicht erhitzte sich aufs unleidlichste, während er mir, am anderen Ende des Zimmers mit einem langen Lineal herumfuchtelnd, in wohlgesetzten Worten auseinandersetzte, wenn seine

Dienste am Vormittag von Nutzen seien, dann müßten sie ja am Nachmittag vollends unentbehrlich sein.

„Mit aller schuldigen Ehrerbietung, Sir“, sagte Puter bei dieser Gelegenheit, „aber ich halte mich offengestanden für Ihre rechte Hand. Vormittags exerziere und marschiere ich ja nur mit meinen Kolonnen – aber nachmittags, da stelle ich mich an ihre Spitze und mache eine zügige Attacke auf den Feind, so“ – und damit vollführte er einen heftigen Stoß mit dem Lineal.

„Aber die Tintenkleckse, Puter!“ gab ich zu bedenken.

„Richtig! – Aber mit aller schuldigen Ehrerbietung, Sir: Schauen Sie diese Haare an! Ich werde alt. Ich möchte doch meinen, Sir, daß ein paar Tintenkleckse an einem heißen Nachmittag einem alten Mann mit grauen Haaren nicht so hart zum Vorwurf gemacht werden dürfen. Das Alter, auch wenn es Tintenflecke macht, verdient Ehrfurcht. Mit aller schuldigen Ehrerbietung, Sir: wir werden beide alt!“

Diesem Appell an meine kameradschaftliche Gesinnung konnte ich schwer widerstehen. Das eine sah ich jedenfalls, daß er nicht gehen würde. Also entschloß ich mich, ihn zu behalten, wobei ich allerdings mein Augenmerk darauf richtete, daß er am Nachmittag mit meinen minder wichtigen Papieren beschäftigt wurde.

Nippers – „Beißzange“ – der zweite auf der Liste, war ein mit seinem Backenbärtchen und seiner gelblichen Gesichtsfarbe einigermaßen seeräuberhaft aussehender junger Mann von fünfundzwanzig Jahren. Nach meinem Dafürhalten war er das Opfer zweier böser Mächte – des Ehrgeizes und der Verdauungsstörungen. Der Ehrgeiz bekundete sich bei ihm in einer gewissen Unlust an den Berufspflichten eines gewöhnlichen Kopisten, in einem unverantwortlichen Übergreifen auf Arbeiten, die dem Fachmann vorbehalten bleiben müssen, wie z. B. das Abfassen rechtsgültiger Urkunden. Seine Verdauungsschwäche drückte sich aus in einer gelegentlichen nervösen Unverträglichkeit und hämischen Reizbarkeit, wobei es denn vorkam, daß er bei Abschreibefehlern hörbar mit den Zähnen knirschte; auch äußerte er in der Hitze der Arbeit unnötige Fluchworte, die er übrigens mehr zischte als wirklich aussprach, und lag vor allem in beständiger Fehde mit der Höhe seines Arbeitstisches. Beißzange war zwar in technischen Dingen erfinderisch und begabt, mit seinem Tisch aber vermochte er nie zurechtzukommen. Er legte Späne, Holzblöckchen der erdenklichsten Art und Kartonstücke unter und versuchte es schließlich mit einer besonders tadellosen Abstimmung, indem er einige Lagen zusammengefalteten Fließpapiers verwendete. Nichts wollte fruchten. Rückte er, um seinen Rücken zu schonen, den Pultdeckel in scharfem Winkel bis dicht unter sein Kinn und schrieb darauf, wie einer der das steile Dach eines Holländer Hauses als Pult benützt, dann vernahm man bald die Klage von ihm, daß ihm in dieser Haltung die Arme klamm würden. Senkte er aber alsdann die Tischplatte bis zu Gürtelhöhe und saß beim Schreiben vornübergebeugt, dann bekam er sogleich Rückenschmerzen. Mit einem Wort: Beißzange wußte in Wahrheit nicht, was er wollte. Oder wenn er überhaupt etwas wollte, so dies: vom Schreiberpult überhaupt freizukommen. Zu den Bekundungen seines krankhaften Ehrgeizes gehörte es, daß er mit Vorliebe Besuch empfing, und zwar von allerlei zweideutig aussehenden Gesellen in schäbigen Anzügen, die er als seine Klienten bezeichnete. Ich mußte überhaupt erkennen, daß er sich nicht nur gelegentlich als Winkelpolitiker betätigte, sondern sich dann und wann auch bei den Gerichtshöfen zu schaffen machte und an der Pforte der „Gräber“, des Stadtgefängnisses, nicht unbekannt war. Von einem Individuum allerdings, das ihn in meiner Kanzlei aufsuchte und das er nachdrücklich und mit viel Wichtigkeit als seinen Klienten bezeichnete, möchte ich mit gutem Grund annehmen, daß es in Wahrheit einfach ein Gläubiger war und daß es sich bei seinem angeblichen Rechtstitel um eine Rechnung handelte. Bei allen seinen Mängeln aber und den Unannehmlichkeiten, die er mir verursachte, war Beißzange mir doch, wie sein Landsmann Puter, im ganzen recht nützlich. Er schrieb eine rasche und saubere Hand und ließ es, wenn er danach gelaunt war, an einem weltmännischen Benehmen nicht fehlen. Es kam hinzu, daß er sich immer durchaus herrschaftlich kleidete und dadurch beiläufig einen gewissen Kredit der Vertrauenswürdigkeit auf meine Kanzlei ausstrahlte. Mit

Puter hingegen hatte ich meine liebe Not, zu verhüten, daß er für mich eine Art Schandfleck wurde. Seine Kleidungsstücke sahen immer fleckig aus und rochen nach Speisehaus. Den Sommer über trug er seine Hosen entsetzlich lasch und ausgebeult; seine Überröcke spotteten jeder Beschreibung und seinen Hut konnte man nur mit der Feuerzange anfassen. Der Hut war für mich nun allerdings verhältnismäßig gleichgültig, denn als einen an Abhängigkeit gewöhnten Engländer veranlaßte ihn seine natürliche Höflichkeit und Demut, seine Kopfbedeckung abzunehmen, sowie er das Zimmer betrat; mit dem Rock aber war es eine andere Sache. Ich machte ihm diesbezüglich Vorhaltungen, aber ohne jeden Erfolg. In Wahrheit war es wohl so, daß ein Mann mit so geringem Einkommen nicht gleichzeitig ein üppiges Gesicht und einen üppigen Rock spazieren führen konnte. Wie Beißzange einmal bemerkte, ging Puters Geld größtenteils für „rote Tinte" drauf. An einem Wintertag schenkte ich Puter einen sehr gediegen aussehenden Rock aus meinem eigenen Bestand – einen wattierten grauen Rock, der sehr angenehm warm hielt und den man vom Hals bis zu den

Knieen zuknöpfen konnte. Ich dachte, Puter würde die Freundlichkeit zu schätzen wissen und sein an Nachmittagen übliches vorschnelles und lärmiges Wesen dementsprechend dämpfen. Aber nein: ich möchte geradezu annehmen, daß es eine verhängnisvolle Wirkung bei ihm hervorrief, sich nun in einen derart flaumigen und einer Bettdecke ähnelnden Rock einknöpfen zu können – nach demselben Grundsatz, nach dem zu viel Hafer den Pferden schlecht bekommt. Wie man ja auch von einem jähen und eigensinnigen Gaul sagt, daß ihn der Haber sticht, so stach unseren Puter sein Rock. Er wurde übermütig. Er war ein Mensch, dem das Wohlleben zum Nachteil gereichte.

Während ich Puters heimlichen persönlichen Neigungen gegenüber meine eigenen Vermutungen hegte, war ich von Beißzange allerdings völlig überzeugt, daß er, unbeschadet seiner sonstigen Fehler, wenigstens in puncto Alkohol ein mäßiger junger Mensch war. Indessen schien in seinem Fall die Natur selbst die Rolle des Weinlieferanten übernommen zu haben: sie hatte ihn schon bei der Geburt mit einem derart reizbaren, branntweinartigen Temperament ausgestattet, daß es bei ihm eines nachträglichen Kneipens gar nicht mehr bedurfte. Wenn ich mir überlege, wie Beißzange oft mitten in der Stille der Kanzlei ungeduldig von seinem Sitz aufsprang, sich über den Tisch beugte, die Arme weit ausbreitete, das Pult schlankweg aufpackte und mit einem bösen Knirschen über den Fußboden schob oder eigentlich schleuderte, als wäre der Tisch ein widerspenstiger Kanzleidiener, der ihm absichtlich Ärger und Schwierigkeiten machte, dann wird mir aufs neue klar, daß bei ihm Kognaksoda durchaus überflüssig war.

Einen Glücksumstand für mich bedeutete es, daß sich Beißzanges Reizbarkeit und dadurch verursachte Nervosität auf Grund ihres besonderen Anlasses – nämlich der Verdauungsbeschwerden – vorzüglich am Vormittag bemerkbar machte, während er nachmittags verhältnismäßig milde war. So hatte ich, da Puters Anfälle ja erst um die Mittagszeit zum Durchbrach kamen, wenigstens nie zu gleicher Zeit mit ihnen beiden in ihrem überspannten Zustand zu tun. Ihre Zustände lösten einander ab wie die Wachtparade. War Beißzange im

Dienst, so hatte Puter dienstfrei und umgekehrt. Das war, wie die Dinge lagen, von der Natur gut eingerichtet.

Ginger Nut – „Pfeffernuß" – der Dritte auf meiner Liste, war ein Bürschlein von etwa zwölf Jahren. Sein Vater war Fuhrmann und hegte den Ehrgeiz, seinen Sohn vor seinem Tode auf der Gerichtsbank statt auf dem Kutschbock zu sehen. Er schickte ihn zu diesem Zweck zu mir auf die Kanzlei, als Rechtsstudent, Laufjunge, Bodenputzer, gegen einen Lohn von einem Dollar die Woche. Er hatte ein eigenes kleines Pult, war aber nicht viel daran zu sehen. Seine Schublade wies bei näherer Untersuchung eine große Auswahl von Nußschalen der verschiedensten Sorten auf. Die gesamte edle Rechtswissenschaft war denn auch für diesen hellköpfigen Jüngling gewissermaßen in einer Nußschale enthalten. Nicht die geringste unter Ginger Nuts Obliegenheiten – und zwar eine, deren er sich mit der größten Fixigkeit entledigte – war seine Stellung als Kuchen- und Äpfeleinkäufer für Puter und Beißzange. Das Abschreiben von Akten ist ja ein sprichwörtlich trockenes, halsausdörrendes Geschäft, und so waren auch meine zwei Schreiber oft genug von dem Bedürfnis befallen, sich den Mund mit Spitzenberger Äpfeln zu befeuchten, die es in den zahlreichen Buden in der Nähe des Zollgebäudes und des Postamts zu kaufen gab. Auch schickten sie Pfeffernuß häufig nach jener besonderen Sorte von Gebäck – klein, flach, rund und stark gewürzt –, nach dem sie ihm seinen Namen gegeben hatten. An kalten Vormittagen, wenn geschäftlich nicht viel los war, verschlang Puter die Pfeffernüsse zu Dutzenden, als wären es bloße Oblaten – der übliche Verkaufspreis beträgt ja auch nur einen Penny für sechs bis acht Stück – und das Kratzen seiner Feder vermischte sich dann mit dem Krachen der mürben Kuchenteilchen in seinem Munde. Zu den vielen nachmittäglichen Hitzköpfigkeiten und Wahnsinnstaten Puters gehörte es, daß er einmal eine Pfeffernuß zwischen den Lippen befeuchtete und als Siegel auf einen Pfandbrief klebte. Damals hätte ich ihn um ein Haar entlassen. Er besänftigte mich aber, indem er eine orientalische Verbeugung machte und sagte: „Mit aller schuldigen Ehrerbietung, Sir – aber es war doch eigentlich nobel von mir, daß ich Sie aus eigenem Bestand mit Büromaterial versehen habe!"

Wie sich denken läßt, nahm mein ursprünglicher Geschäftsbereich – als Spezialist für Liegenschaftssachen, Fachmann für ungeklärte Besitzverhältnisse und Abfasser tiefgründiger Urkunden aller Art – nach meiner Betrauung mit dem Beisitzeramt erheblich an Umfang zu. Für Schreibhilfen hatte ich nun eine Menge zu tun. Ich mußte nicht nur die bei mir befindlichen Angestellten mächtig antreiben; auch eine zusätzliche Hilfe war nicht länger zu entbehren.

Auf eine Zeitungsanzeige hin stand eines Morgens ein steifleinener junger Mensch auf der Schwelle meiner Kanzlei, denn es war Sommer und die Tür stand offen. Ich sehe seine Gestalt noch heute vor mir – ausdruckslos sauber, erbarmungswürdig achtbar, hoffnungslos einsam. Es war Bartleby.

Nach einer kurzen Unterhaltung über seine Fähigkeiten stellte ich ihn ein, recht zufrieden, daß ich der Schar meiner Kopisten einen Menschen von so ungemein gesetztem Aussehen einverleiben konnte – einen Mann, dessen Art nach meiner Erwartung wohltätig auf Puters regelloses und Beißzanges feuriges Temperament einwirken würde.

Ich hätte schon vorher erzählen sollen, daß Flügeltüren aus Mattglas meine Kanzleiräume in zwei Hälften teilten, von denen die eine von meinen Schreibern, die andere von mir eingenommen wurde. Je nach meiner augenblicklichen Stimmung ließ ich die Türen offen oder geschlossen. Bartleby wies ich kurz entschlossen eine Ecke in der Nähe der Tür zu, jedoch auf meiner Seite, damit ich diesen stillen Menschen in bequemer Rufweite hätte, wenn irgend eine Kleinigkeit zu erledigen wäre. Ich stellte sein Pult in die Nähe eines kleinen Seitenfensterchens, durch das man ursprünglich auf einige schmutzige Hinterhöfe und Ziegelmauern hatte sehen können, das aber jetzt, da inzwischen gebaut worden war, überhaupt keine Aussicht mehr bot, nur noch ein wenig Licht. Drei Fuß vor dem Fenster erhob sich eine Wand, und das Licht kam von hoch oben, zwischen zwei hohen Gebäuden, wie durch eine schmale Öffnung in einer Kuppel. Um die Sache weiter zufriedenstellend einzurichten, brachte ich einen hohen grünen Wandschirm an, durch den Bartleby meinem Blick völlig entzogen wurde, während er meiner Stimme erreichbar blieb. Auf diese Weise waren, soviel als möglich, Abgeschlossenheit und Geselligkeit vereint. Anfangs erledigte Bartleby ganz erstaunliche Mengen von Schreibarbeit. Als hungere er seit langem nach Kopierarbeiten, fraß er sich förmlich voll mit meinen Dokumenten. Zur Verdauung blieb keine Zeit. Er kopierte Tag und Nacht, bei Sonne und bei Kerzenlicht. Mir hätte sein Eifer recht gut gefallen, wenn es nur ein richtiger, mit Heiterkeit gepaarter Fleiß gewesen wäre. Er schrieb indessen still vor sich hin, bleich und mechanisch.

Wie sich denken läßt, gehört es wesentlich zur Arbeit eines Schreibers, daß er die Richtigkeit seiner Abschrift Wort für Wort nachprüft. Wo sich zwei oder mehr Schreiber in einer Kanzlei beisammenfinden, helfen sie sich gegenseitig bei dieser Arbeit, indem einer die Abschrift vorliest, während der andere das Original vergleicht. Eine sehr öde, ermüdende und eintönige Tätigkeit, die, möchte ich meinen, für manche Menschen von sanguinischem Temperament ganz unerträglich sein muß. Zum Beispiel kann ich mir schwer vorstellen, daß sich Byron, dieser Dichter und Feuergeist, in aller Ruhe mit Bartleby zusammen hingesetzt hätte, um ein juristisches Schriftstück von, sagen wir, fünfhundert engbeschriebenen Seiten zu kollationieren.

Dann und wann, wenn wir eilig zu tun hatten, beteiligte ich mich auch selbst am Kollationieren eines kürzeren Schriftstücks und rief dann Puter oder Beißzange zu diesem Zweck zu mir. Als ich Bartleby so praktisch hinter den Wandschirm in meiner Nähe verwies, hatte ich unter anderem auch den Zweck im Auge, mich bei derartigen rasch zu erledigenden Anlässen seiner Dienste zu versichern. Am dritten Tage wohl, an dem er bei mir war, und bevor sich noch die Notwendigkeit ergeben hatte, die von ihm gelieferten Schreibarbeiten zu kollationieren, wollte ich einen kleinen Vorgang, an dem ich eben arbeitete, rasch zu Ende bringen und rief kurzerhand nach Bartleby. Da ich es eilig hatte und begreiflicherweise daran gewöhnt war, daß meinen Wünschen sofort entsprochen wurde, hielt ich den Kopf tief über die Urschrift auf meinem Schreibpult gebeugt und streckte nur, vielleicht etwas ungeduldig, die rechte Hand mit der Kopie seitwärts aus, damit Bartleby, wenn er aus seinem Versteck hervorkäme, sogleich danach greifen und ohne den geringsten Verzug ans Werk gehen könnte.

In dieser Haltung also saß ich da, als ich nach ihm rief, und setzte ihm in aller Eile auseinander, was, ich von ihm wünschte – mir nämlich beim Vergleichen eines kleineren Schriftstücks zu helfen. Man stelle sich meine Überraschung, ich muß schon sagen meine Bestürzung vor, als Bartleby, ohne sich aus seiner Klause zu rühren, mit seltsam sanfter, fester Stimme zur Antwort gab: „Ich möchte lieber nicht."

Ich saß eine Zeitlang stillschweigend da und versuchte mich von meiner Verblüffung zu erholen. Der Gedanke drängte sich mir auf, meine Ohren müßten mich wohl getäuscht haben, oder Bartleby habe vielleicht den Sinn meiner Worte völlig mißverstanden. Ich wiederholte mein Ersuchen, so klar und deutlich ich konnte, aber eben so klar und deutlich erhielt ich die vorige Antwort: „Ich möchte lieber nicht."

„Lieber nicht!“ wiederholte ich, sprang voller Erregung auf und durchmaß den Raum mit einem Satz. „Was soll das heißen? Sind Sie übergeschnappt? Ich wünsche, daß Sie mir dieses Blatt durchsehen helfen – hier ...!“ – und damit streckte ich es ihm hin.

„Ich möchte lieber nicht“, sagte er.

Ich schaute ihn durchdringend an. Sein Gesicht war hager in seiner Gesamtheit; sein graues Auge von trüber Ruhe. Nicht die geringste Spur von Erregung schien ihn zu durchbeben. Wäre nur die mindeste Unsicherheit, Empörung, Ungeduld oder Unverschämtheit an ihm wahrzunehmen gewesen, mit anderen Worten: hätte er nur irgendwie menschlich im normalen Sinn auf mich gewirkt, so hätte ich ihn zweifellos mit allem Nachdruck aus dem Hause gewiesen. Wie die Dinge aber lagen, hätte ich genau so gut meine gipserne Cicerobüste aus dem Hause weisen können. Ich schaute ihm noch eine Zeitlang zu, wie er seine Schreiberei fortsetzte, und ließ mich dann wieder an meinem Pult nieder. Das ist ja seltsam, dachte ich. Was tat man da am besten? Aber die Geschäfte drängten, und so entschied ich mich, die Sache einstweilen auf sich beruhen zu lassen und später bei günstigerer Zeit zu regeln. Ich rief Beißzange von nebenan zu mir und hatte das Papier rasch durchkorrigiert.

Einige Tage darauf beendete Bartleby die Abschrift von vier umfangreichen Schriftstücken, der vierfachen Abschrift einer von mir beim Obersten Kanzleigericht eingeholten Zeugenaussage. Wieder wurde eine genaue Durchsicht notwendig, und da es sich um einen wichtigen Rechtsstreit handelte, war besondere Sorgfalt geboten. Im gegebenen Augenblick rief ich Puter, Beißzange und Pfeffernuß aus dem Nebenzimmer zu mir, in der Absicht, meinen vier Angestellten die vier Kopien in die Hand zu geben und selbst die Urschrift vorzulesen. Die drei hatten sich bereits in einer Reihe niedergelassen jeder sein Schriftstück in der Hand, und nun rief ich auch noch Bartleby herbei, damit er sich der interessanten Gruppe beigeselle.

„Bartleby! Rasch – ich warte!“

Ich hörte das leise Scharren der Stuhlbeine auf dem mit keinem Teppich belegten Fußboden, und gleich darauf erschien er am Eingang zu seiner Einsiedelei.

„Was ist gefällig?“ sagte er sanft.

„Die Abschriften, die Abschriften“, sagte ich hastig. „Wir wollen kollationieren. Hier –“ und ich hielt ihm die vierte Abschrift hin.

„Ich möchte lieber nicht“, sagte er und verschwand still hinter seinem Wandschirm.

Einige Augenblicke war ich zur Salzsäule verwandelt und stand sprachlos zuhäupten meiner sitzenden Angestelltenkolonne. Dann faßte ich mich, trat auf den Wandschirm zu und erkundigte mich nach den Gründen eines so ungewöhnlichen Verhaltens.

„Warum weigern Sie sich?“

„Ich möchte lieber nicht.“

Bei jedem anderen wäre ich nun sofort in schreckliche Wut geraten, hätte auf jedes weitere Wort verzichtet und ihn mit Schimpf und Schande des Hauses verwiesen.

Bartleby aber hatte etwas an sich, was mich nicht allein seltsam entwaffnete, sondern auch, aufs wunderlichste, rührte und aus dem Konzept brachte. Ich begann ihm ins Gewissen zu reden.

„Es handelt sich um Ihre eigenen Abschriften, die wir kollationieren wollen. Ihnen selber wird damit Arbeit gespart, denn eine Durchsicht genügt dann für alle vier Exemplare. So will's der Brauch; jeder Abschreiber ist verpflichtet, daß er beim Kollationieren seiner Abschriften hilft. Ist es nicht so? Wollen Sie nicht sprechen? Antworten Sie!"

„Ich möchte lieber nicht", erwiderte er in flötensanftem Ton. Ich hatte den Eindruck, daß er während meiner an ihn gerichteten Worte jede meiner Behauptungen sorgfältig bei sich erwog, daß er den Inhalt meiner Worte durchaus begriff und ihre zwingende Logik nicht anzufechten vermochte, daß ihn aber irgend eine vordringliche Überlegung dazu veranlaßte, dennoch die bewußte Antwort zu geben.

„So gedenken Sie also meinem Ersuchen nicht zu entsprechen – einem Ersuchen, das sich auf Brauch und gesunden Menschenverstand stützt?“

Er gab mir kurz zu verstehen, daß ich ihn in diesem Punkt richtig verstanden hätte. Ja: sein Entschluß sei unumstößlich.

Es kommt nicht selten vor, daß ein Mensch, den man auf noch nie dagewesene und kraß der Vernunft widersprechende Weise vor den Kopf gestoßen hat, in seinem selbstverständlichsten Glauben irre wird. In ihm erwacht sozusagen die unbestimmte Vermutung, daß vielleicht, so seltsam es auch sei, Recht und Vernunft auf der anderen Seite sein könnten. Sind irgendwelche unparteiischen Personen zugegen, so wird sich der solcherart Irregewordene an sie wenden, um bei ihnen für seinen wankenden Gemütsfrieden eine Stütze zu finden.

„Puter“, sagte ich, „was halten Sie davon? Bin ich nicht im Recht?“

„Mit schuldiger Ehrerbietung, Sir“, sagte Puter in seinem geschmeidigsten Ton, „ich glaube wohl.“

„Beißzange", sagte ich, „was meinen Sie?"

„Ich? Hinausschmeißen würde ich ihn!"

(Der mit Aufmerksamkeit folgende Leser wird sich an dieser Stelle darüber klar sein, daß die Szene am Vormittag spielt, weswegen Puters Antwort in höflichen, ruhigen Ausdrücken gehalten, Beißzanges Erwiderung dagegen übellaunig gefaßt ist. Oder, um es mit einem schon früher gebrauchten Bilde zu sagen: Beißzanges schlechte Laune hatte Dienst, Puters Übellaune hatte dienstfrei.)

„Pfeffernuß", sagte ich, denn ich wollte auch die geringste Stimme zu meinen Gunsten aufbieten, „was sagst du dazu?"

„Ich sage, Sir, der hat 'n Vogel!" erwiderte Pfeffernuß grinsend.

„Sie hören, was die Leute sagen", sagte ich, an den Wandschirm gewandt. „Nun kommen Sie heraus und tun Sie Ihre Pflicht!"

Mir ward keine Antwort zuteil. Ich überlegte einen Augenblick, in heilloser Verwirrung. Wieder waren es die Geschäfte, die mich drängten, und ich beschloß abermals, die Entscheidung der Frage bis auf spätere ruhige Zeit zu verschieben. Mit einiger Mühe bewerkstelligten wir es, die Schriftstücke ohne Bartleby zu kollationieren, wenn auch Puter alle paar Seiten seine Meinung bescheidentlich dahin vernehmen ließ, daß dies Verfahren ganz und gar ungewöhnlich sei, indes Beißzange mit der Nervosität des Magenkranken seinen Stuhl hin und her rückte und zwischen zusammengebissenen Zähnen ab und zu ein Knirschen und Zischen der Verwünschung hervorstieß auf den hartgesottenen Esel hinter dem Wandschirm. Was ihn (Beißzange) angehe, so sei dies das erste und letzte Mal, daß er unbezahlt die Arbeit für einen anderen verrichte.

Bartleby saß derweilen in seiner Klause, auf nichts bedacht als auf seinen eigenen Schreiberkram.

Einige Tage vergingen; Bartleby saß wieder über einer langwierigen Arbeit. Das seltsame Verhalten, das er jüngst an den Tag gelegt, ließ mich mit Genauigkeit auf ihn achten. Ich beobachtete, daß er nie zum Essen ging, genau gesagt, daß er überhaupt nie das Haus verließ. Außerhalb meines Büros war er mir, soviel ich mich erinnerte, noch nie begegnet. Als ewiger Wachtposten hauste er in seinem Winkel. Doch stellte ich fest, daß um elf Uhr vormittags Pfeffernuß auf die Öffnung in Bartlebys spanischer Wand zutrat, als würde er von einer, von meinem Platz aus unsichtbaren Handbewegung stillschweigend dorthin befohlen. Er verließ sodann die Kanzlei, mit einigem Kleingeld klimpernd, und erschien wieder mit einer Handvoll Pfeffernüsse, die er in der Klause ablieferte, nicht ohne zwei Stück als Lohn für seine Mühe zu empfangen. Er lebt also von Pfeffernüssen, dachte ich. Mittagbrot, oder was man so nennt, ißt er nicht. Er muß demnach Vegetarier sein – aber nein: er ißt ja auch keine Vegetabilien, er ißt lediglich Pfeffernüsse. Mein Geist erging sich in allerlei müßigen Betrachtungen darüber, welche Wirkung es wohl auf die menschliche Konstitution ausüben müsse, wenn jemand ausschließlich von Pfeffernüssen lebte. Pfeffernüsse heißen deshalb so, weil sie als charakteristischen Bestandteil und als entscheidende Geschmackszutat Pfeffer enthalten. Und was war Pfeffer? Etwas Hitziges, Gewürziges. War Bartleby hitzig und gewürzig? Durchaus nicht. Pfeffer tat demnach auf Bartleby keine Wirkung. Wahrscheinlich war es ihm lieber so.

Nichts kann einen ernsthaften Menschen so aufbringen wie passiver Widerstand. Ist der, dem auf solche Weise begegnet wird, von einigermaßen humaner Gemütsart und der Widerstandleistende seinerseits harmlos in seiner Passivität, dann wird der Fall eintreten, daß jener, bei einigermaßen guter Stimmung, Mitleid walten läßt und mit Hilfe seiner Einfühlungsgabe auszudeuten versucht, was ihm verständlich unerklärlich bleibt. Dergestalt beurteilte auch ich, von Ausnahmefällen abgesehen, meinen Bartleby und seine Eigenarten. Der arme Kerl!, dachte ich; er meint es nicht böse; offensichtlich hat er keine Unverschämtheit im Sinn; sein Aussehen schon bietet die Gewähr dafür, daß keine Absicht hinter seinen Verschrobenheiten steckt. Er ist mir nützlich. Ich komme mit ihm zurecht. Wenn ich ihn an die Luft setze, gerät er womöglich an einen weniger nachsichtigen Brotgeber und dann wird er grob angepackt und verhungert vielleicht zuguterletzt ganz elendiglich. So ist es. Für mich bietet sich hier eine wohlfeile Gelegenheit, mich so zu benehmen, daß ich mit mir selbst zufrieden sein kann. Wenn ich mich des Bartleby annehme, wenn ich ihn in seiner kuriosen Dickköpfigkeit gewähren lasse, so kostet mich das wenig oder nichts, und ich lege mir damit seelisch eine Art Kapital an, das mir dereinst vielleicht einen süßen Gewissenstrost bedeutet. Freilich erlitt diese Einstellung Bartleby gegenüber mitunter auch eine Unterbrechung. Bartlebys Passivität ging mir manchmal auf die Nerven. Es trieb mich rätselhaft, ihn auf einer neuen Widersetzlichkeit zu ertappen – einen Zornesfunken aus ihm hervorzulocken, an dem ich mich selber entzünden könnte. Ich hätte genau so gut versuchen können, mit meinen Fingerknöcheln aus einem Stück Windsorseife Feuer zu schlagen. Eines Nachmittags übermannte mich der böse Trieb, und folgende kleine Szene entspann sich: "Bartleby", sagte ich, „wenn diese Papiere alle abgeschrieben sind, werde ich sie mit Ihnen kollationieren."

„Ich möchte lieber nicht."

„Wie denn? Sie werden sich doch nicht auf diese eigensinnige Grille versteifen wollen?“

Keine Antwort.

Ich riß die Flügeltür neben mir auf und wandte mich an Puter und Beißzange mit dem, Ausruf: „Bartleby erklärt schon wieder, daß er seine Papiere nicht kollationieren will. Was halten Sie davon, Puter?“

Es war Nachmittag, nicht zu vergessen. Puter saß glühend da wie ein Teekocher; seine Glatze dampfte, seine Hände tasteten fahrig zwischen seinen bekleckten Papieren.

„Was ich davon halte?“ brüllte er; „ich halte das davon, daß ich demnächst mal zu ihm hintergehe hinter seine spanische Wand und ihm eine runterhaue.“

Mit diesen Worten sprang er auf und warf die Arme in eine Ringkämpferpositur. Er wollte alsbald losrennen und sein Versprechen erfüllen, aber ich hielt ihn zurück, weil ich mir mit Schrecken überlegte, welche Folgen es haben könnte, wenn ich Puters nachmittägliche Kampfeslust unvorsichtig wachriefe.

„Setzen Sie sich hin, Puter“, sagte ich, „und hören Sie, was Beißzange zu sagen hat. Was meinen Sie, Beißzange? Hätte ich nicht das Recht, Bartleby fristlos zu entlassen?“

„Verzeihung, das haben Sie zu entscheiden, Sir. Meiner Meinung nach ist sein Verhalten durchaus ungewöhnlich und, Puter und mir gegenüber, unbillig. Vielleicht handelt es sich aber nur um eine vorübergehende Laune von ihm.“

„So, so?“ rief ich, „Sie haben Ihre Ansichten ja erstaunlich geändert. Sie sprechen auf einmal sehr nachsichtig von ihm.“

„Das Bier!“ schrie Puter dazwischen, „die ganze Nachsicht kommt nur vom Bier! Beißzange und ich haben heute zusammen gegessen. Schauen Sie nur, wie nachsichtig ich bin, Sir! Soll ich hinein und ihm eine langen?“

„Sie sprechen von Bartleby? Nein, Puter, heute nicht“, erwiderte ich. „Nehmen Sie bitte die Fäuste herunter.“

Ich schloß die Tür und trat abermals auf Bartleby zu. Mehr noch als zuvor verspürte ich die Lust, es aufs Ganze ankommen zu lassen. Widerspruch zu erleben wäre mir hochwillkommen gewesen. Ich entsann mich, daß

Bartleby nie die Kanzlei verließ. “Bartleby“, sagte ich, „Pfeffernuß ist ausgegangen; gehen Sie doch eben mal rüber aufs Postamt, bitte“, – es war nur drei Minuten entfernt – „und sehen Sie nach, ob etwas für mich da ist.“

„Ich möchte lieber nicht.“

„Sie wollen nicht?“

„Ich *möchte* nicht.“

Ich taumelte zu meinem Pult und versank in tiefes Nachdenken. Die zwanghafte Lust von vorhin kehrte wieder. Gab es noch etwas, worin ich mir von diesem armseligen Hungerleider, meinem bezahlten Angestellten, eine schmähliche Abfuhr holen konnte? Fand sich nicht noch ein Auftrag, ein durchaus vernünftiger und billiger Auftrag, den auszuführen er sich, bestimmt weigern würde?

„Bartleby!“

Keine Antwort!

Lauter: „Bartleby!“

Keine Antwort!

Mit Stentorstimme: „Bartleby!“

Wie der leibhaftige Geist, nach den Gesetzen magischer Beschwörung erst der dritten Aufforderung erbötig, erschien er im Eingang seiner Klause.

„Gehen Sie hinüber und sagen Sie Beißzange, er soll kommen.“

„Ich möchte nicht“, sagte er langsam und ehrerbietig und verschwand mit einer Miene der Sanftmut.

„Schön, schön, Bartleby“, sagte ich in einem gesammelten Ton, der, zwischen Strenge und Gelassenheit schwankend, meinen unabänderlichen Entschluß ausdrücken sollte, demnächst mit einem fürchterlichen Strafgericht aufzuwarten. Tatsächlich hatte ich dergleichen halb und halb im Sinn. Doch hielt ich es schließlich, zumal da die Stunde meines Nachtmahls herannahte, für geraten, meinen Hut aufzusetzen und für den heutigen Tag nach Hause zu gehen. Ratlosigkeit und Kümmernis quälten mich sehr.

Soll ich es gestehen? Das Ende des Handels bestand darin, daß als eine stehende Einrichtung meiner Kanzlei ein blasser junger Schreiber namens Bartleby ein Pult daselbst einnahm; daß er für mich kopierte, zum üblichen Satz von vier Gents für die Folioseite zu hundert Wörtern; daß er aber dauernd von der Pflicht entbunden war, seine Abschriften zu kollationieren, welche Pflicht den Herren Puter und Beißzange übertragen blieb, vermutlich in Anerkennung ihres höher entwickelten Scharfsinns. Überdies durfte besagter Bartleby niemals und unter keinen Umständen auch nur zu dem bescheidensten Botengang entsandt werden, und auch wenn er höflichst gebeten wurde, dergleichen auf sich zu nehmen, mußte damit gerechnet werden, daß er „lieber nicht mochte" – mit anderen Worten, daß er sich rundheraus weigerte.

Die Tage gingen dahin, und ich machte mehr und mehr meinen Frieden mit Bartleby. Seine solide Art, die ihn allen Zerstreuungen abgeneigt machte, sein unermüdlicher Fleiß (wenn er nicht gerade einmal, hinter seinem Wandschirm stehend, in eine gewisse Träumerei verfiel), seine Lautlosigkeit, sein unter allen Umständen gleichbleibendes Benehmen – all dies machte ihn zu einer wertvollen Erwerbung. Ganz unübertrefflich war dies: *er war stets zugegen* – morgens der Erste am Platze, tagsüber ständig anwesend, und abends der Letzte. Auf seine Ehrlichkeit verließ ich mich felsenfest. Meine wertvollsten Papiere, fühlte ich, waren in seinen Händen völlig sicher. Natürlich kam es dann und wann vor, daß ich, ob ich wollte oder nicht, in eine plötzliche jähzornige Aufwallung ihmgegenüber geriet. Es war über alle Maßen schwierig, sich beständig die seltsamen Eigenbröteleien, Vorrechte und unerhörten Ausnahmebestimmungen vor Augen zu halten, die für Bartleby die stillschweigenden Voraussetzungen seines weiteren Wirkens in meinem Büro bildeten. Bisweilen forderte ich in der Eile drängender Geschäfte Bartleby, ohne mir Böses dabei zu denken, in einem kurzen, hastigen Ton dazu auf, sagen wir seinen Finger auf eine im Entstehen begriffene Schleife zu legen, wenn ich Papiere mit rotem Faden zu heften gedachte. Wie sich denken läßt, kam hinter der spanischen Wand hervor unweigerlich die übliche Antwort: „Möchte lieber nicht“, und wie konnte da ein menschliches Geschöpf, behaftet mit den Schwächen der

Menschennatur, umhin, sich bitter über dergleichen Widersinn, dergleichen Unvernunft zu beklagen? Immerhin trug jede neue Zurechtweisung, die ich mir auf solche Art zuzog, weiter dazu bei, daß sich die Wahrscheinlichkeit fernerer Unachtsamkeit meinerseits verminderte.

Es ist hier zu berichten, daß ich, wie die meisten in dichtbesiedelten Juristenhäusern praktizierenden Rechtskundigen, mehrere Schlüssel zu meiner Kanzleitür besaß. Den einen hatte eine Frau in Aufbewahrung, die, im Dachgeschoß wohnhaft, meine Räume täglich fegte und abstaubte und einmal wöchentlich gründlich sauber machte. Einen zweiten hatte aus praktischen Gründen Puter in Verwahr. Den dritten hatte ich selber manchmal in der Tasche. Wer den vierten hatte, wußte ich nicht.

An einem Sonntagmorgen nun besuchte ich zufällig die Trinity Kirche, um einen berühmten Prediger zu hören, und war etwas zu früh zur Stelle, weshalb ich mich entschloß, noch kurz in meine Kanzlei hinüberzugehen. Zum Glück hatte ich meinen Schlüssel bei mir; als ich ihn aber ins Schloß steckte, stieß ich auf einen Widerstand und merkte, daß von innen etwas im Türschloß stak. In meiner Überraschung tat ich einen lauten Ausruf, und wer beschreibt mein Staunen, als innen der Schlüssel gedreht wurde und Bartleby durch die halb offen gehaltene Tür sein hageres Gesicht zu mir herausstreckte – eine Erscheinung in Hemdsärmeln und merkwürdig zerlumptem Morgenrock – und mir in aller Ruhe erklärte, es tue ihm leid, er habe aber gerade im Augenblick dringend zu tun und – möchte mich lieber nicht einlassen. In knappen Worten fügte er hinzu, es sei vielleicht angezeigt, daß ich zwei- oder dreimal um den Häuserblock herumspazierte; bis dahin werde er voraussichtlich mit seinen Angelegenheiten zu Ende sein.

Bartlebys durchaus unvermutete Erscheinung als Sonntagmorgengast in meiner Anwaltskanzlei, seine abgestorbene und doch weltmännische Nonchalance dabei, die gepaart war mit einer großen Bestimmtheit und Kaltblütigkeit – all das zusammen machte auf mich einen so seltsamen Eindruck, daß ich mich unwillkürlich von meiner eigenen Tür davonschlich und seinem Verlangen nachkam. Allerdings nicht ohne viel ohnmächtiges inneres Aufbegehren gegen die sanfte Frechheit meines rätselhaften Schreibers. Es war ja in der Tat vor allem seine erstaunliche Sanftmut, die mich nicht nur entwaffnete, sondern schon förmlich entmannte. Denn das möchte ich doch wohl einen Zustand der Entmannung nennen, wenn man sich von seinem bezahlten Angestellten Vorschriften machen und aus dem eigenen Geschäftslokal hinausweisen läßt. Zu allem anderen beunruhigte mich die Frage, was Bartleby am Sonntagmorgen in Hemdsärmeln und einem auch sonst verwahrlosten Aufzug in meinem Büro verloren hatte. Gingen da fragwürdige Dinge vor sich? Nein, das war ausgeschlossen. Keinen Augenblick wagte ich zu denken, daß Bartleby etwa gegen die Gebote der Sittlichkeit verstoßen könne. Aber was trieb er dort? Kopierte er etwa? Wiederum nein: bei all seiner Verschrobenheit war Bartleby ein Mensch, der ungemein auf äußeren Anstand hielt. Er wäre der Letzte gewesen, der sich in einem auch nur einigermaßen entblößten Zustande an seinem Pult niedergelassen hätte. Außerdem war Sonntag, und etwas an Bartleby entkräftete von vornherein den Verdacht, als könne er mit weltlicher Beschäftigung den Tag des Herrn schänden. Doch kam ich keineswegs mit mir ins reine, und ruhelos vor Neugierde kehrte ich schließlich an meine Tür zurück. Ohne Behinderung steckte ich den Schlüssel ins Schloß, öffnete und trat ein. Bartleby war nicht zu sehen. Ich schaute mich aufs genaueste um, guckte auch hinter seinen Wandschirm, mußte aber bald erkennen, daß er fort war. Bei genauerer Untersuchung der Örtlichkeit drängte sich mir die Vermutung auf, daß Bartleby offenbar seit einer nicht näher zu bestimmenden Zeit in meiner Kanzlei gegessen, sich angekleidet und geschlafen hatte, und zwar ohne Geschirr, ohne Spiegel und Bett. Die gepolsterte Sitzfläche eines wackligen alten Sofas trug in einer Ecke den schwachen Abdruck einer mageren Gestalt, die dort geruht hatte. Unter seinem Pult fand ich eine zusammengerollte Wolldecke; unter dem leeren Kaminrost Schuhwichse und Bürste; auf einem Stuhl ein Blechgefäß mit Seife und zerrissenem Handtuch; in eine Zeitung eingeschlagen einige Pfeffernußkrumen und ein Stückchen Käse. Ja, dachte ich, nun ist es klar: Bartleby hat sein Heim hier aufgeschlagen und ganz allein einen Junggesellenhaushalt geführt. Sogleich überfiel mich auch der Gedanke, welch unendlich freundearmes, einsames und elendes Leben hier zutage käme. Arm ist er im höchsten Maß – aber nun erst seine Einsamkeit, wie entsetzlich! Man bedenke nur: am Sonntag ist Wall Street verlassen wie Petra, die Ruinenstadt; und auch an jedem gewöhnlichen Werktag versinkt sie nachts ins Leere. Und das Haus hier, das während der Woche von Leben und Betriebsamkeit summt, hallt bei Einbruch der Nacht wider vor Verlassenheit, und den ganzen Sonntag regt sich keine Menschenseele dort. Und hier schlägt Bartleby sein Heim auf: einziger Betrachter der Einsamkeit, die er auch menschenüberfüllt gekannt hat – ein anderer, unschuldiger Marius, auf Karthagos Trümmern brütend!

Zum ersten Mal in meinem Leben ergriff mich ein Gefühl überwältigender, herzverzehrender Schwermut. Bis dahin hatte ich dergleichen nicht gekannt, nur eine leichte, nicht unangenehme Art von Melancholie. Jetzt aber zog mich die Fessel gemeinsamen Menschentums unwiderstehlich in Trübsinn hinab. Brüderliche Schwermut! – denn beide,

Bartleby und ich, waren wir ja Adams Söhne. Die prächtigen Seidenkleider, die von Wohlleben gerundeten Gesichter kamen mir in den Sinn, die ich heute erst, in ihrem Sonntagsstaat, schwanengleich den Mississippi des Broadway hatte hinabgleiten sehen; und ich stellte mein blaßgesichtiges Schreiberlein dagegen und dachte bei mir: Siehe, das Glück wiegt sich im Licht, also daß wir uns bedünken lassen, die Welt sei heiter; das Elend aber verbirgt sich, also will uns bedünken, es gebe des Elends nicht. Diese traurigen Phantasien – Hirngespinste sicher eines kranken, dumpfen Kopfes – führten mich weiter zu anderen, mehr ins Einzelne gehenden Gedanken über Bartlebys wunderliches Wesen. Das Vorgefühl seltsamer Entdeckungen tastete auf mich zu. Des Schreibers bleiche Gestalt trat mir vor Augen: unter lauter fremden gleichgültigen Menschen lag er hingestreckt, frostblaß im Leichentuch.

Unvermittelt zog Bartlebys verschlossenes Schreibpult meine Aufmerksamkeit auf sich. Der Schlüssel stak deutlich sichtbar im Schloß.

Ich plane nichts Unrechtes, will auch keine herzlose Neugier stillen, dachte ich bei mir; außerdem gehört das Pult mir und der Inhalt ebenso; also darf ich mich wohl erdreisten und hineinschauen. Alles war ordentlich eingerichtet; die Papiere lagen sauber geschichtet. Die Fächer reichten tief nach innen: ich schob die Aktenfaszikel beiseite und tastete ins Dunkle. Plötzlich stieß ich gegen etwas und zog es hervor. Es war ein altes seidenes Schnupftuch, schwer und wohl verknotet. Ich machte es auf und sah: es diente als eine Art Sparstrumpf.

Mit einem Schlag kamen mir die stillen Heimlichkeiten wieder in den Sinn, die ich an dem Menschen wahrgenommen hatte. Er sprach nur, wenn er Antwort geben mußte; ich hatte ihn, obwohl er zuweilen ganz viel Zeit für sich hatte, nie lesen sehen, nicht einmal eine Zeitung; oft stand er lang an seiner blassen Fensterluke hinter der spanischen Wand und blickte auf die blinde Ziegelmauer hinaus. Nie ging er zu einem Mittagstisch oder Speisehaus, und sein blasses Gesicht bezeugte hinlänglich, daß er auch kein Bier trank, wie Puter, und auch nicht Tee oder Kaffee wie andere Leute. Niemals, es hätte denn hinter meinem Rücken geschehen müssen, begab er sich zu irgend einer Veranstaltung; er ging auch nicht spazieren, es sei denn im gegenwärtigen Augenblick, Und er hatte es abgelehnt mir zu sagen, wer er sei, woher er kam, ob er irgendwo Verwandte besaß. Auch klagte er, so mager und bleich er aussah, nie über schlechte Gesundheit. Am stärksten aber stand mir der unbewußte Ausdruck eines – wie soll ich es nennen? – eines fahlen Hochmuts vor Augen, oder vielleicht besser gesagt einer herben Zurückhaltung, die mich buchstäblich eingeschüchtert hatte, so daß ich mich auf alle seine Wunderlichkeiten einließ, sobald ich fürchten mußte, etwas noch so Geringfügiges, außer der Reihe Liegendes von ihm zu verlangen. Und das auch dann, wenn ich nach seiner langanhaltenden Regungslosigkeit ganz genau wußte, daß er hinter seinem Wandschirm nur dastand und träumerisch auf seine Feuermauer hinausstarrte.

Das alles überlegte ich bei mir und hielt es mit der soeben entdeckten Tatsache zusammen, daß Bartleby meine Kanzlei zu seinem dauernden Absteigequartier und Wohnsitz erkoren hatte; auch erinnerte ich mich seines launenhaften und mürrischen Wesens und fühlte, indem ich mir dies alles vergegenwärtigte, eine Stimmung der nüchternen Überlegung über mich kommen. Mein erstes Empfinden war das einer reinen Schwermut und aufrichtigen Mitleids gewesen. Je mehr aber Bartlebys Verlassenheit in meiner Phantasie sich steigerte und immer noch steigerte, desto mehr steigerte sich auch meine Schwermut zur Furcht, mein Mitleid zum Widerwillen. So wahr es ist, so schrecklich wahr, daß der Anblick oder die Vorstellung des Elends bis zu einem gewissen Punkt unsere besten Regungen wachruft, so gilt doch in gewissen besonders gelagerten Fällen die Tatsache, daß jenseits jenes Punktes die Wirkung aufhört. Irrtümlich wäre die Behauptung, daß daran einfach die angeborene Selbstsucht des Menschenherzens schuld sei. Es kommt vielmehr aus der Aussichtslosigkeit, einem allzu grenzenlosen organischen Übel zu steuern und Heilung zu spenden. Für ein empfindsames Gemüt ist Mitleid nicht selten Schmerz. Wenn sich dann schließlich herausstellt, daß das Mitleid doch zu keiner wirklichen Hilfe führt, verlangt die Selbsterhaltung, daß sich die Seele davon frei macht. Was ich an jenem Morgen sah, brachte mich zu der Überzeugung, daß mein Schreiber an einer angeborenen, unheilbaren Krankheit litt. Ich konnte seinem Leib gewisse almosenartige Erleichterungen zuteil werden lassen; aber sein Leib quälte ihn ja nicht, sondern seine Seele war es, die litt, und seine Seele konnte ich nicht erreichen.

Meine Absicht, in die Trinity Kirche zu gehen, blieb an jenem Morgen unausgeführt. Was ich gesehen hatte, machte mich für den Augenblick irgendwie ungeeignet zum Kirchbesuch. Ich wanderte statt dessen heimwärts, in Überlegungen versunken, was mit Bartleby zu geschehen habe. Schließlich kam ich zu folgendem Entschluß. Ich wollte ihm am nächsten Morgen in aller Ruhe einige Fragen stellen, seinen Lebenslauf und dergleichen betreffend, und wenn er es ablehnte, sie offen und rückhaltlos zu beantworten (und ich vermutete allerdings, daß er es „lieber nicht" tun würde), so wollte ich ihm über das hinaus, was ich ihm schuldig war, einen Zwanzig-Dollar-Schein geben und ihm erklären, daß ich seiner Dienste nicht länger bedürfe. Zu jeder anderen Hilfe jedoch, würde ich ihm erklären, sei ich mit Freuden bereit; vor allem würde ich, wenn er an seinen Heimatort zurückkehren wollte (wo der auch immer liegen mochte), mich gern an den Kosten beteiligen. Nicht nur das; auch wenn er nach seiner Heimkehr irgendwann der Hilfe bedürfe, brauche er mir nur zu schreiben und werde sicher eine Antwort bekommen.

Der nächste Morgen kam heran.

„Bartleby“, sagte ich; ich, rief es, so sanft ich konnte, hinter seinen Wandschirm.

Keine Antwort.

„Bartleby“, sagte ich noch sanfter. „Kommen Sie her. Ich werde Ihnen nichts auftragen, was Sie lieber nicht tun möchten. Ich möchte nur mit Ihnen sprechen.“

Daraufhin kam er lautlos zum Vorschein.

„Wollen Sie mir sagen, Bartleby, wo Sie geboren sind?“

„Ich möchte lieber nicht.“

„Wollen Sie mir überhaupt Auskunft über sich geben?“

„Ich möchte lieber nicht.“

„Was haben Sie denn um Gotteswillen für einen Grund, daß Sie nicht mit mir sprechen wollen? Ich meine es doch gut mit Ihnen."

Er schaute mich nicht an, während ich sprach, sondern hielt seinen Blick auf meine Cicerobüste geheftet, die sich unmittelbar hinter meinem Stuhl befand, sechs Zoll hoch über meinem Kopf.

„Was haben Sie zu antworten, Bartleby?" sagte ich, nachdem ich längere Zeit gewartet hatte. Sein Antlitz blieb die ganze Zeit regungslos, nur um den weißen, eingetrockneten Mund bebte es kaum wahrnehmbar.

„Ich möchte im Augenblick lieber keine Antwort geben", sagte er und zog sich in seine Klause zurück.

Ich gebe zu, es war kein Zeichen meiner Stärke – aber seine Art bei diesem Gespräch erbitterte mich. Zunächst einmal schien sich darin eine gewisse stille Nichtachtung zu verbergen; und außerdem wirkte seine Halsstarrigkeit undankbar auf mich, nach all der unbestreitbar guten Behandlung und Nachsicht, die ihm von mir zuteil geworden war.

Wieder saß ich da und grübelte, was zu tun sei. Ich war gekränkt über sein Verhalten und hatte, als ich ins Büro kam, den festen Entschluß in mir getragen, ihn zu entlassen – und doch fühlte ich etwas wie bange Ahnung an mein Herz pochen und mir sagen, ich dürfe keinesfalls meine Absicht ausführen, es wäre ein wahrer Schurkenstreich, wenn ich auch nur ein bitteres Wort gegen dieses verlassenste Geschöpf auf Gottes Erde von mir gäbe. Ich schleppte schließlich wie ein guter Freund meinen Stuhl hinter seinen Wandschirm, setzte mich zu ihm und sagte: „Bartleby, lassen wir es gut sein – Sie brauchen mir nichts aus Ihrem Leben zu offenbaren – nur das eine bitte ich Sie, unter Freunden: fügen Sie sich, soweit als möglich, in die Gepflogenheiten unserer Kanzlei ein. Sagen Sie nur, daß Sie morgen oder übermorgen auch mitmachen wollen, wenn wir Manuskripte kollationieren. Ich meine, sagen Sie mir, daß Sie in den nächsten Tagen anfangen wollen, ein bißchen vernünftig zu sein – sagen Sie mir nur das, Bartleby!"

„Im Augenblick möchte ich lieber nicht ein bißchen vernünftig sein", war seine geisterhaft milde Antwort.

In diesem Augenblick öffnete sich die Flügeltür und Beißzange kam herein. Er hatte offenbar eine ungewöhnlich schlechte Nacht hinter sich; sein Magenleiden hatte sich wohl schlimmer geäußert als sonst. Er hörte Bartlebys letzte Worte eben noch mit an.

„Möchte lieber nicht, he?", knirschte er. „Dem Möchtenicht würde ich's mal zeigen, wenn ich Sie wäre, Sir – –" – an mich gewandt – „– ich würde ihm mal zeigen, was Mögen ist, dem Möchtenicht, dem Maulesel, dem störrischen! Was ist es denn schon wieder, Sir, bitte schön, was er lieber nicht möchte?"

Bartleby rührte kein Glied.

„Herr Nippers", sagte ich, „ich möchte lieber, Sie zögen sich eine Weile zurück."

Auf rätselhafte Weise hatte ich es mir neuerdings angewöhnt, das Wort „möchte lieber" bei allen möglichen und unmöglichen Gelegenheiten zu verwenden. Ich zitterte bei dem Gedanken, daß meine nahe Berührung mit meinem Schreiber mich womöglich bereits ernstlich geistig geschädigt habe. Zu welchen weiteren und tieferen

Verirrungen mochte es noch kommen? Die Besorgnis davor war nicht ohne Einwirkung auf meinen Entschluß gewesen, zu summarischen Maßregeln zu greifen. Beißzange war kaum verschwunden, mit äußerst sauerem und verdrießlichem Gesicht, als Puter geschmeidig und ergeben seine Aufwartung machte.

„Mit schuldiger Ehrerbietung, Sir", sagte er; „ich habe gestern über unseren Bartleby nachgedacht, und ich möchte meinen, wenn er nur lieber mal täglich ein Viertel gutes Bier trinken möchte, würde es bald besser mit ihm und er könnte auch wieder dabei sein, wenn wir seine Papiere kollationieren."

„So, Sie gebrauchen den Ausdruck also auch schon?" sagte ich, leise aufgebracht.

„Mit schuldiger Ehrerbietung, Sir: welchen Ausdruck?", fragte Puter, indem er sich respektvollst in den beengten Raum hinter der spanischen Wand drängte, so daß ich mit Bartleby eng aneinander geriet. „Welchen Ausdruck, Sir?"

„Ich möchte hier innen lieber allein bleiben", sagte Bartleby, gleichsam ungehalten darüber, daß eine

Volksmenge sich störend in seine Zurückgezogenheit drängte.

„Da haben Sie den Ausdruck, Puter“, sagte ich. „Da hören Sie ihn.“

„Achso: möchte lieber ... – ja, komischer Ausdruck; Kommt bei mir nicht vor. Was ich sagen wollte, Sir: wenn er nur lieber das Viertel Bier trinken möchte ...“

„Puter“, unterbrach ich, „ziehen Sie sich bitte zurück!“

„Aber gewiß, Sir, wenn Sie lieber möchten ...“

Als er die Flügeltür öffnete und hinausging, fühlte sich Beißzange an seinem Pult zufällig von meinem Blick getroffen und fragte mich, ob ich ein bestimmtes Schriftstück auf blauem oder lieber auf weißem Papier abgeschrieben haben möchte. Es lag beileibe kein arglistiger Ausdruck auf dem Wort „lieber möchte“; ganz offenbar floß es ihm in aller Unbefangenheit von der Zunge. Bei Gott, dachte ich, ich muß den Wahnsinnigen loswerden, der mir und meinen Angestellten schon bis zu einem gewissen Grad die Zunge, wenn nicht gar den Kopf verdreht hat. Doch schien es mir geraten, die Entlassung nicht auf der Stelle vorzunehmen.

Am nächsten Tag mußte ich feststellen, daß Bartleby nicht arbeitete, sondern nur den ganzen Tag am Fenster stand und in seiner träumerischen Art auf die Brandmauer hinausstarrte. Auf meine Frage, weshalb er nicht schreibe, erklärte er, er habe sich entschlossen, das Kopieren überhaupt aufzugeben.

„Wie? Was soll das heißen?“ rief ich aus. „Das Kopieren aufgeben?“

„Ganz richtig.“

„Und aus welchem Grunde?“

„Sehen Sie den Grund denn nicht selber?“, erwiderte er gleichgültig.

Ich schaute ihn von oben bis unten an und bemerkte, daß seine Augen einen trüben, glasigen Ausdruck hatten. Die Vermutung drängte sich mir auf, daß der beispiellose Eifer, mit dem er während der ersten Wochen seiner Tätigkeit bei mir am trüben Fensterchen kopiert hatte, seinem Augenlicht vorübergehend geschadet haben möchte.

Der Gedanke rührte mich. Ich äußerte einige teilnehmende Worte und brachte zum Ausdruck, daß es recht getan sei, wenn er sich nun eine Zeitlang des Kopierens enthielte; er möge, schärfte ich ihm ein, die Gelegenheit benützen und sich einer gesunden Tätigkeit im Freien zuwenden. Dies tat er jedoch nicht. Als einige Tage darauf meine anderen Angestellten abwesend waren und ich Briefe rasch zur Post zu bringen hatte, kam ich auf den Gedanken, Bartleby werde jetzt, wo er auf Gottes Erdboden nichts weiter zu tun hatte, weniger unbeugsam sein als sonst und mir die Briefe zum Postamt bringen. Er schlug es jedoch rundheraus ab. So ungelegen es mir fiel: ich mußte selber gehen.

Die Tage kamen und gingen. Ob sich Bartlebys Augen gebessert hatten oder nicht, vermochte ich nicht zu sagen. Allem Anschein nach ging es ihm besser, doch wenn ich ihn fragte, wie es mit seinen Augen stehe, ließ er mir keine Antwort zuteil werden. Schreibarbeiten jedenfalls machte er keine. Als ich wiederholt danach fragte, erklärte er mir schließlich ausdrücklich, er habe das Kopieren endgültig aufgegeben.

„Was?“, rief ich, „gesetzt Ihre Augen werden wieder ganz gut – vielleicht sogar besser als zuvor – wollen Sie dann trotzdem nicht kopieren?“

„Ich habe das Kopieren aufgegeben“, antwortete er und glitt von dannen.

Im übrigen blieb alles beim alten: er war eine stehende Einrichtung in meiner Kanzlei. Oder vielmehr: er wurde, wenn möglich, immer noch mehr zur stehenden Einrichtung. Was sollte ich tun? Er leistete keine Arbeit im Büro – warum also blieb er bei mir? Nüchtern betrachtet, war er allmählich geradezu ein Mühlstein um meinen Hals: als Zierat nicht zu brauchen und unerquicklich zu tragen. Und dennoch tat er mir leid. Ich bleibe hinter der Wahrheit zurück, wenn ich sage, daß ich, und zwar ausschließlich um seinetwillen, eine Art Bedrücktheit empfand. Hätte er mir nur einen einzigen Verwandten oder Freund namhaft gemacht, so hätte ich sofort hingeschrieben und veranlaßt, daß man den armen Kerl an irgend einen geeigneten Zufluchtsort gebracht hätte. Aber er schien allein, durchaus allein auf der weiten Welt. Ein Wrack mitten auf dem Atlantik. Der Augenblick kam, wo geschäftliche Rücksichten alle anderen Überlegungen in den Schatten rückten. So schonend ich konnte, teilte ich Bartleby mit, binnen sechs Tagen müsse er unter allen Umständen mein Büro verlassen. Ich machte ihn darauf aufmerksam, daß er in der Zwischenzeit gut daran tue, sich nach einer anderen Bleibe umzusehen. Bei diesem Unternehmen würde ich ihm gern behilflich sein, wenn er nur seinerseits den ersten Schritt zum Umzug tue. „Und wenn Sie mich dann endgültig verlassen, Bartleby“, setzte ich hinzu, „werde ich zusehen, daß Sie nicht ganz unversorgt von mir gehen. Sechs Tage von diesem Augenblick an, vergessen Sie es nicht!“

Nach Ablauf der Frist guckte ich hinter den Wandschirm, und siehe da: Bartleby war zugegen.

Ich knöpfte mir den Rock bis oben zu und sammelte mich; dann trat ich langsam auf ihn zu, berührte ihn an der

Schulter und sprach: „Die Zeit ist gekommen – Sie müssen fort von hier. Es tut mir leid für Sie – hier ist Geld – aber Sie müssen jetzt fort."

„Ich möchte lieber nicht", erwiderte er, immer noch den Rücken mir zugekehrt.

„Sie *müssen!*"

Er verharrte in Schweigen.

Ich hatte, muß man wissen, ein grenzenloses Vertrauen zu Bartlebys grundsätzlicher Ehrlichkeit. Er hatte mir öfters Sixpence- und Schillingstücke wiedergegeben, die achtlos auf dem Fußboden verstreut worden waren, denn ich neige in solchen Kleinigkeiten zur Schlamperei. Die folgende Szene möge also nicht unglaubwürdig wirken.

„Bartleby", sagte ich, „ich bin Ihnen laut Konto zwölf Dollar schuldig. Hier haben Sie zweiunddreißig – die restlichen zwanzig gehören Ihnen – hier, nehmen Sie doch bitte!" – damit reichte ich ihm die Geldscheine hin.

Er rührte sich nicht.

„Ich lasse das Geld also hier liegen“, sagte ich und schob die Scheine unter einen Briefbeschwerer auf dem Tisch. Hierauf nahm ich meinen Hut und meinen Stock und setzte, an der Tür noch einmal ruhig kehrt machend, hinzu: „Wenn Sie Ihre Sachen hier fortgeschafft haben, Bartleby, verschließen Sie doch bitte die Tür – es ist ja jetzt außer Ihnen niemand mehr hier. Den Schlüssel schieben Sie bitte unter den Abstreifer, damit ich ihn morgen früh finde. Wiedersehen werden wir uns nicht – leben Sie also recht wohl. Und wenn ich Ihnen später, in Ihrer neuen Unterkunft, von Nutzen sein kann, lassen Sie es mich ungeniert brieflich wissen. Leben Sie wohl, Bartleby, und viel Glück!“

Er antwortete kein Sterbenswörtchen. Wie die letzte Säule eines verfallenen Tempels anzusehen, stand er stumm und einsam in dem sonst so gänzlich kahlen Raum.

Nachdenklich ging ich nach Hause, und allmählich gewann meine Eitelkeit das Übergewicht über mein Mitleid. Ich war doch recht stolz darauf, wie meisterhaft ich es eingerichtet hatte, Bartleby los zu werden. Ich sage meisterhaft, und wer die Sache unvoreingenommen überdenkt, muß mir recht geben. Das Schöne an meinem Vorgehen bestand, wie mir schien, darin, daß es sich völlig ruhig abgespielt hatte. Es war ohne ordinäres Auftrumpfen meinerseits abgegangen, ohne Aufschneiderei und gereiztes Herumkommandieren; auch war ich keineswegs aufgeregt durch die Räume gerast und hatte Bartleby angeherrscht, er möge seinen lächerlichen Krempel zusammenpacken. Nichts dergleichen. Statt Bartleby laut und grob zum Gehen aufzufordern – wie ein untergeordneter Geist es vielleicht getan hätte – machte ich stillschweigend die Voraussetzung, daß er fort müsse, und baute auf diese Voraussetzung alles auf, was ich ihm zu sagen hatte. Je länger ich mir mein Verfahren überlegte, desto mehr sagte es mir zu. Am ändern Morgen allerdings, als ich erwachte, hatte ich meine Zweifel – ich hatte gewissermaßen die Dünste der Eitelkeit ausgeschlafen. Zu den kühlsten, besonnensten Augenblicken im Menschenleben gehören ja die Stunden morgens unmittelbar nach dem Erwachen. Mein Verfahren kam mir scharfsinnig vor wie zuvor – aber nur in der Theorie. Wie es sich in der Praxis bewähren würde – da lag der Haken. Es war gewiß ein trefflicher Einfall, Bartlebys Auszug einfach stillschweigend vorauszusetzen; die Voraussetzung galt aber ausschließlich meinerseits und ging durchaus nicht von Bartleby aus. Der entscheidende Punkt lag nicht darin, ob ich annahm, daß er mich verlassen würde, sondern ob es seinem Belieben entsprach. Er war mehr ein Mensch des Beliebens („möchte lieber") als der stillschweigenden Voraussetzungen.

Nach dem Frühstück wanderte ich stadtwärts und überlegte mir die Wahrscheinlichkeit des Für und Wider. Bald kam mir der Gedanke, die Sache werde sich als Schlag ins Wasser erweisen und Bartleby werde bestimmt in alter Frische in der Kanzlei anwesend sein; bald war ich durchdrungen davon, daß ich seinen Stuhl leer finden würde. So schritt ich unschlüssigen Gemüts einher. An der Ecke Broadway-Canal Street sah ich eine Gruppe erregter Menschen in ernster Unterhaltung beieinanderstehen.

„Wetten, daß er's nicht wird!“, sagte jemand, als ich vorbeiging.

„Daß er nicht gehen wird? – da halt' ich dagegen!“, sagte ich. „Raus mit Ihrem Geld!“

Ich schob instinktiv die Hand in die Tasche und wollte meinen Einsatz hervorholen, als mir einfiel, daß wir Wahltag hatten. Die von mir aufgeschnappten Worte bezogen sich nicht auf Bartleby, sondern auf die Aussichten eines der Bewerber um das Bürgermeisteramt. Bei meinem gespannten Gemütszustand hatte ich mir unwillkürlich eingebildet, der ganze Broadway müsse meine Erregung teilen und sich über dieselbe Frage ereifern wie ich. Ich ging weiter, recht dankbar, daß der Straßenlärm meine vorübergehende Geistesabwesenheit so gut beschirmte.

Wie beabsichtigt war ich früher als sonst vor meiner Kanzlei. Ich lauschte einen Augenblick. Alles war still. Er mußte fort sein. Ich drehte am Türknopf – die Tür war versperrt. Ja, mein Verfahren hatte sich wunderbar bewährt – er war gegangen. In meinen Triumph mischte sich jedoch eine gewisse Schwermut – ich war beinahe betrübt, daß mir alles so glänzend gelungen war. Ich suchte unter der Matte nach dem Schlüssel, den Bartleby dort für mich deponiert haben sollte, und stieß dabei zufällig gegen die Türfüllung, so daß ein Geräusch entstand wie ein Anklopfen. Sogleich erscholl von innen Antwort: „Noch nicht – ich bin beschäftigt."

Es war Bartleby.

Ich war wie vom Donner gerührt. Einen Augenblick stand ich da wie jener Mann, der, vor langer Zeit im Staate Virginia an einem wolkenlose Nachmittag, mit der Pfeife im Mund, vom Wetterleuchten erschlagen wurde. An seinem offenen, wärmedurchfluteten Fenster traf ihn der Blitz, und er lehnte weiter in den schläfrigen Nachmittag hinaus, bis jemand ihn anrührte – da fiel er um.

„Nicht fort!", sagte ich leise vor mich hin. Abermals gehorchte ich der wunderlichen Gewalt, die der rätselhafte Schreiber über mich auslebte und der ich, so sehr es mich verdroß, nicht völlig entgehen konnte, und ging langsam die Treppe hinunter und auf die Straße hinaus, wo ich, den

Häuserblock umwandernd, bei mir überlegte, was nun in dieser unerhörten Verlegenheit als Nächstes zu geschehen habe. Mit Körpergewalt konnte ich den Menschen nicht wohl hinauswerfen; ihn durch Beschimpfungen von dannen zu treiben, schien mir nicht recht angebracht; die Polizei herbeizurufen, widerstrebte mir ebenfalls; ihm aber seinen makabren Triumph über mich zu gönnen, – das paßte mir noch weniger in den Kram. Was war zu tun? – oder, wenn nichts zu tun war, gab es wenigstens eine weitere stille Voraussetzung, auf die ich mich in der Angelegenheit stützen konnte? In der Tat: so wie ich bisher vorsorglich angenommen hatte, Bartleby werde gehen, so konnte ich jetzt, nachträglich betrachtet, die Voraussetzung machen, daß er bereits gegangen sei. In der rechtmäßigen Anwendung dieser meiner Annahme konnte ich beeilten Schritts meine Kanzlei betreten und, unter dem Anschein, als sähe ich Bartleby gar nicht, ihm in den Weg treten, als wäre er Luft. Wenn ich mich so verhielte, hätte ich zweifellos einen unverkennbaren Gegenschlag getan. Es war kaum anzunehmen, daß Bartleby der derart deutlich angewandten Lehre von den stillschweigenden Voraussetzungen widerstehen konnte. Allein bei näherem Nachdenken schien mir die Wirksamkeit meines Plans doch recht zweifelhaft. Ich beschloß die Sache noch einmal mit Bartleby durchzusprechen.

„Bartleby“, sagte ich beim Betreten der Kanzlei mit einem Ausdruck ruhiger Strenge, „Ich bin ernstlich ungehalten. Sie enttäuschen mich, Bartleby. Ich hatte Besseres von Ihnen erwartet. Ich dachte, Sie wären so vornehm veranlagt, daß in einer delikaten Situation eine bloße Andeutung genügen würde – eine stillschweigende Voraussetzung. Es scheint aber, ich habe mich da geirrt. Da –“ – ich sagte es mit unwillkürlicher Überraschung – „– Sie haben ja nicht einmal das Geld angerührt! ...“, und ich deutete auf die Geldscheine, die immer noch da lagen, wo ich sie am Abend vorher hingelegt hatte.

Er gab keine Antwort.

„Wollen Sie nun eigentlich gehen oder nicht?“ fragte ich, jählings aufgebracht, und trat nah an ihn heran.

„Ich möchte lieber nicht gehen“, erwiderte er, mit einer zarten Betonung auf dem „nicht“.

„Mit welchem Recht wollen Sie denn aber bleiben? Zahlen Sie hier Miete? Zahlen Sie meine Steuern? Gehört dieses Büro Ihnen?“

Er gab keine Antwort.

„Sind Sie denn wenigstens bereit, wieder für mich zu schreiben? Haben Ihre Augen sich gebessert? Können Sie heute morgen ein kleines Schriftstück für mich kopieren? oder ein paar Zeilen kollationieren helfen oder rüber aufs Postamt gehen? Mit einem Wort: wollen Sie wenigstens irgend etwas tun, damit Ihre Weigerung, diesen Ort zu verlassen, doch den Anstrich der Vernunft erhält?“

Er schwieg und wandte sich seiner Klause zu.

Ich war bei alledem in einen derartigen Zustand der Empfindlichkeit und Erregung geraten, daß es mir angezeigt schien, mich im Augenblick weiterer Äußerungen zu enthalten. Ich war mit Bartleby allein, und das tragische Ereignis kam mir in den Sinn, das sich zwischen dem unglücklichen Adams und dem noch unglücklicheren Colt in des letzteren einsamer Kanzlei abgespielt hatte: der arme Colt war von Adams aufs unerträglichste gereizt worden, hatte sich unvorsichtigerweise seiner Erregung überlassen und war so unversehens zu einer kopflosen, verhängnisvollen Tat hingerissen worden – einer Tat, die wahrscheinlich dem Täter selbst am allermeisten leid getan hat. Ich hatte oft über den Vorfall nachgedacht und war dabei zu der Ansicht gelangt, daß die Meinungsverschiedenheit, wenn sie auf offener Straße oder in einer Privatwohnung vor sich gegangen wäre, wohl schwerlich den bekannten verhängnisvollen Ausgang genommen hätte. Der Umstand aber, daß sie allein in einem verlassenen Büro waren, im Obergeschoß eines von gesitteten, häuslichen Schwingungen gänzlich unberührten Gebäudes, – in einem Büro noch dazu ohne Teppiche, wo alles sicher denkbar verstaubt und wüst aussah – dieser Umstand hat sicher wesentlich dazu beigetragen, daß der unselige Colt sich noch weiter, in seine gereizte, verzweifelte Stimmung hineinsteigern ließ.

Als der alte Adam der Empfindlichkeit denn also in mir hochsteigen und mich in Bartlebys Sache versuchen wollte, packte ich ihn herzhaft an und brachte ihn zu Fall. Und wie gelang mir dies? Einfach, indem ich mir Gottes Gebot vor Augen hielt: „Eine neue Satzung gebe ich euch, daß ihr einer den andern lieben sollt.“ Dies Gotteswort hat mich gerettet. Von allen höheren Überlegungen abgesehen, erweist sich die Nächstenliebe oft auch als ein höchst weises und vorsichtiges Prinzip: als ein großer Schutz für den, der sie besitzt. Man hat Morde begangen aus Eifersucht und aus Zorn, aus Haß und Selbstsucht und aus geistiger Hoffahrt – nie aber habe ich gehört, daß jemand aus süßer Nächstenliebe einen teuflischen Mord begangen hätte. Schon die bloße Selbsterhaltung sollte also, wenn kein höheres Motiv aufgeboten werden kann, die Menschen, und zumal die leicht erregbaren, zur Nächstenliebe und zur Menschenfreundlichkeit anhalten. Bei der augenblicklichen Gelegenheit jedenfalls legte ich es darauf an, meine Erbitterung gegen den Schreiber dadurch zu unterdrücken, daß ich mir sein Verhalten in einem Geiste des Wohlwollens zurechtlegte. Der arme

Kerl, der arme Kerl, dachte ich – er denkt sich nichts dabei – und außerdem hat er harte Zeiten erlebt und verdient Nachsicht.

Ich suchte denn auch alsbald nach einer Beschäftigung, um auf diese Weise meiner verzagten Stimmung Herr zu werden. Dabei malte ich mir aus, wie Bartleby im Laufe des Vormittags, wenn es ihm gelegen wäre, freiwillig aus seiner Einsiedelei hervorkommen und einen entschlossenen Kurs in Richtung auf die Tür einschlagen würde. Aber nein. Es wurde halbeins; Puters Gesicht begann zu erglühen, er warf das Tintenfaß um und wurde auch sonst laut und unangenehm; Beißzange flaute ab zu Ruhe und Höflichkeit; Pfeffernuß kaute an seinem Mittagsapfel – und Bartleby stand am Fenster, in seine tiefste Brandmauer-Träumerei versunken. Wird man es mir glauben? Und soll ich es bekennen? An jenem Nachmittag verließ ich die Kanzlei, ohne auch nur noch ein weiteres Wort an ihn zu richten.

Einige Tage vergingen, während deren ich ab und zu, wie sich die Gelegenheit bot, in zwei Büchern schmökerte:

„Über den Willen“ von Edwards und „Über die Notwendigkeit“ von Priestley. In meiner Lage boten mir diese Bücher einen heilsamen Eindruck. Allmählich gewöhnte ich mich an die Überzeugung, daß meine Anfechtungen mit meinem Schreiber mir von Ewigkeit her zugemessen waren und daß Bartleby aus rätselhaften Gründen von einer allweisen Vorsehung, die ein geringer Erdenwurm wie ich nicht zu ergründen vermochte, bei mir einquartiert sei. Ja, Bartleby, bleib du nur hinter deinem Wandschirm, dachte ich mir. Ich werde dich nicht mehr verfolgen; du bist harmlos und still wie einer von den alten Stühlen hier – ich muß auch sagen, mir ist nie so traulich zumut wie wenn ich weiß, daß du hier bist. Jetzt endlich seh ich's und weiß es: ich dringe ein in den vorbestimmten Zweck meines Daseins. Ich bin zufrieden. Andere mögen erhabenere Rollen zu spielen haben; meine Aufgabe auf dieser Welt besteht darin, daß ich dich, Bartleby, mit Kanzleiraum versehe, so lang es dir belieben mag, bei mir zu bleiben.

Ich glaube, diese weise und gesegnete Gemütsverfassung wäre mir erhalten geblieben, wenn mir nicht meine

Geschäftsfreunde, wenn sie mein Büro besuchten, mit ihren ungebetenen und unbarmherzigen Bemerkungen in die Parade gefahren wären. So geht es ja oft; der stete Tropfen engherziger Gesinnungen höhlt schließlich den Stein der besten und großmütigsten Entschlüsse. Es war ja allerdings, wenn ich's recht überlege, nicht weiter erstaunlich, daß die Besucher meiner Kanzlei vom wunderlichen Anblick des unerklärlichen Bartleby einigermaßen betroffen waren und sich zu abschätzigen Bemerkungen über ihn veranlaßt sahen. So kam es wohl vor, daß ein Anwalt, der geschäftlich mit mir zu tun hatte und bei mir vorsprach, dort nur meinen Schreiber antraf und sich von ihm genauer auseinandersetzen lassen wollte, wo ich zu finden sei. Bartleby jedoch achtete überhaupt nicht auf des Besuchers müßiges Gerede, sondern blieb unbeweglich mitten im Zimmer stehen. Dem Anwalt blieb nichts anderes übrig als sich den Mann eine Weile anzusehen und dann von dannen zu gehen, nicht klüger als zuvor.

Oder es war eine Zeugenvernehmung im Gang, der Raum war voll von Rechtsanwälten und Zeugen, und die

Geschäfte drängten; dann entdeckte vielleicht einer von den anwesenden, tief beschäftigten Advokaten den so gänzlich untätigen Bartleby und ersuchte ihn, er möge doch rasch in seine (des Advokaten) Kanzlei hinübergehen und dies oder jenes Schriftstück für ihn holen. Die Folge war, daß Bartleby gelassen ablehnte, jedoch ebenso müßig blieb wie vorher. Der Rechtsanwalt machte dann gewöhnlich ein langes Gesicht und wandte sich an mich. Was konnte ich ihm aber sagen? Mit der Zeit mußte ich mir eingestehen, daß überall im Kreise meiner Geschäftsfreunde geflüstert und getuschelt wurde, was ich da für eine seltsame Kreatur in meiner Kanzlei beherbergte. Das war für mich doch sehr quälend und unangenehm. Der Gedanke dämmerte in mir auf, daß Bartleby womöglich uralt werden, in alle Ewigkeit meine Kanzlei bewohnen und meine Autorität in Frage stellen könnte. Er würde meine Besucher erschrecken und auf meinen geschäftlichen Ruf ein übles Licht werfen; er würde als eine Art Spuk meines Geschäftslokals gelten; würde dabei bis zum Schluß mit seinen Ersparnissen Leib und Seele zusammenhalten (denn was brauchte er schon?

noch keine fünf Cent am Tag!) und mich womöglich noch überleben und mit dem Rechte seiner beständigen Anwesenheit Ansprüche auf meine Kanzlei erheben. Diese und andere düsteren Ahnungen bedrängten mich mehr und mehr, und dazu kamen meine Freunde mit ihren unablässigen, unbarmherzigen Bemerkungen über die Erscheinung in meinem Büro – kurz, es kam in mir zu einer großen Wandlung. Ich beschloß alle Kraft zusammenzunehmen und mich ein für allemal von dem unerträglichen Alp zu befreien.

Bevor ich mir indessen irgendwelche umständlichen Pläne zu diesem Zweck zurechtlegte, legte ich Bartleby noch einmal nahe, das Schickliche zu tun und endgültig abzureisen. In ruhigem, ernstem Ton empfahl ich meinen Vorschlag seiner sorgfältigen und reiflichen Überlegung. Er nahm sich drei Tage Bedenkzeit und benachrichtigte mich dann, sein ursprünglicher Entschluß bestehe nach wie vor: er möchte, kurz gesagt, lieber bei mir wohnen bleiben.

Was soll ich tun? sagte ich nun zu mir selbst und knöpfte meinen Rock bis zum obersten Knopf zu. Was soll ich tun? Was tut man in dieser Lage? Was rät mir mein Gewissen, mit diesem Menschen, diesem Gespenst zu beginnen? Loswerden muß ich ihn; gehen soll er mir. Aber wie? Du wirst ihn doch nicht, den armen, blassen, niemandem ein Haar krümmenden Menschen – du wirst ihn doch nicht in seiner Hilflosigkeit einfach zur Tür hinaus werfen? Du wirst dir doch nicht die Schande einer solchen Grausamkeit antun? Nein, das will ich nicht, das kann ich nicht. Lieber laß ich ihn schon hier leben und sterben und maure seine Überreste in die Hauswand ein. Gut, was willst du also tun? Wenn du ihm auch noch so süß zuredest, er rührt sich nicht vom Fleck. Bestechungsgeld läßt er einfach unter deinem Briefbeschwerer auf dem Schreibtisch liegen. Mit einem Wort: ganz offensichtlich möchte er lieber hier bei dir hängen bleiben.

Also muß etwas Durchschlagendes, etwas Ausgefallenes geschehen. Aber was? Du willst ihm doch sicher nicht den Wachtmeister auf den Hals hetzen und dieses bleiche Unschuldsgebilde kurzerhand ins Kittchen bringen?

Außerdem: aus welchem Grunde könntest du dergleichen überhaupt bewirken? – Ein Landstreicher, ist er das? Wie – er ein Landstreicher, ein Herumwanderer – er, der sich überhaupt nicht von der Stelle rührt? Weil er kein Landstreicher sein möchte, willst du ihn als Landstreicher anschwärzen! – Das ist doch zu unsinnig! Keine nachweisbaren Unterhaltsmittel – da habe ich ihn! Nein, wieder falsch: denn zweifellos unterhält er sich, und das ist der einzige unanfechtbare Beweis, daß man die Mittel dazu besitzt. Nichts weiter also. Da er mich nicht verlassen will, muß ich ihn verlassen. Ich wechsle meine Kanzlei; ich ziehe woanders hin und lasse ihn wissen, daß ich ihn bei einem Betreten meines neuen Lokals als unbefugten Eindringling gerichtlich belange.

Diesem Vorsatz gehorchend sprach ich meinen Bartleby anderen Tages folgendermaßen an: „Meine Kanzlei liegt mir doch zu weit vom Rathaus entfernt; außerdem ist die Luft unbekömmlich. Kurz und gut, ich beabsichtige, nächste Woche mein Büro zu verlegen, und werde Ihre Dienste nicht länger benötigen. Ich sage es Ihnen schon heute, damit Sie sich einen anderen Posten suchen können."

Er gab keine Antwort und wir sprachen nicht länger darüber.

Am festgesetzten Tage mietete ich Wagen und Arbeiter, fuhr zur Kanzlei und hatte, da mir wenig Einrichtungsgegenstände vorhanden waren, den Umzug in einigen Stunden hinter mich gebracht. Mein Schreiber blieb, während der ganzen Zeit hinter seiner spanischen Wand stehen, die ich wohlweislich als letzten Gegenstand entfernen ließ. Endlich kam auch sie an die Reihe; sie wurde zusammengefaltet wie ein riesiger Foliant, und der hinter ihr stehende blieb als regungsloser Bewohner in einem kahlen Raum zurück. Ich stand noch unter der Tür und betrachtete ihn einen Augenblick, während eine Art innerer Vorwurf in mir emporkroch. Ich trat noch einmal ein, die Hand in der Tasche – und, ich muß es gestehen, in atemloser Spannung.

„Leben Sie wohl, Bartleby, ich gehe jetzt – leben Sie wohl, und Gott segne Sie, so gut es geht. Hier, nehmen Sie –" ich schob ihm etwas in die Hand, aber es fiel zu Boden – und da – seltsam zu sagen – riß ich mich schier mit Gewalt von ihm, den loszuwerden ich mich so gesehnt hatte.

Als ich in meiner neuen Kanzlei eingerichtet war, hielt ich erst einmal einige Tage die Tür verschlossen und fuhr bei jedem Schrittegeräusch auf den Gängen zusammen. Kam ich nach kurzer Abwesenheit ins Büro zurück, so hielt ich auf der Schwelle einen Augenblick inne und lauschte erst angestrengt, ehe ich meinen Schlüssel ins Schlüsselloch schob. Meine Furcht war jedoch unnütz. Bartleby nahte sich mir nicht.

Ich dachte schon, alles ginge gut, als mich ein verstört aussehender Herr aufsuchte und wissen wollte, ob ich der Mann sei, der bis vor kurzem Kanzleiräume in der Wall Street Nr. ... innegehabt hatte.

Voll böser Ahnungen sagte ich, ja, der sei ich.

„Dann, Sir“, sagte der Fremde, der sich als Rechtsanwalt zu erkennen gab, „sind Sie für den Mann verantwortlich, den Sie dort zurückgelassen haben. Er will keine Kopierarbeit machen, er will überhaupt nichts tun; er sagt nur immer, er möchte lieber nicht, und das Lokal zu verlassen, weigert er sich auch.“

„Ich bedaure unendlich, Sir“, sagte ich mit angenommener Ruhe, innerlich aber zitternd und zagend, „aber der Mann, von dem Sie sprechen, geht mich nichts an. Er ist weder mit mir verwandt noch steht er bei mir in Dienst – ich wüßte also nicht, inwiefern ich für ihn verantwortlich sein sollte.“

„Aber in Gottes Namen: wer ist denn der Mann?“

„Ich kann Ihnen leider keine Auskunft geben. Ich weiß nichts von ihm. Ich habe ihn eine Zeitlang als Kopisten beschäftigt, er hat aber schon eine ganze Weile nicht mehr für mich gearbeitet.“

„Dann werde ich also selbst die Sache mit ihm ins reine bringen – guten Morgen, Sir.“

Mehrere Tage vergingen, und ich hörte nichts mehr. Mehr als einmal empfand ich eine barmherzige Regung, die mich anhalten wollte, in meiner alten Kanzlei vorzusprechen und den armen Bartleby zu besuchen, aber eine gewisse Scheu, ich weiß nicht wovor, hielt mich zurück.

Die Sache ist ja inzwischen doch vorüber, dachte ich mir, als mich eine weitere Woche hindurch keine neue Nachricht erreichte. Aber schon am Tage darauf fand ich beim Eintreffen in meinem Büro mehrere aufs höchste empörte Menschen vor meiner Tür warten.

„Das ist er – da kommt er!“ rief der Vorderste von ihnen. Ich erkannte ihn: es war der Rechtsanwalt, der mich damals allein aufgesucht hatte.

„Sie müssen ihn auf der Stelle wegholen, Sir“, rief ein wohlbeleibter Mensch und trat auf mich zu. Auch ihn kannte ich: es war der Hausherr von Wall Street Nr. … „Diese Herren, meine Mieter, halten es nicht länger aus. Herr B. –“ er deutete auf den Rechtsanwalt, „hat ihn aus der Kanzlei gewiesen, nun treibt er sich überall im Hause herum, sitzt bei Tag auf dem Treppengeländer und schläft nachts unter der Tür. Das ist für alle Beteiligten lästig; die Kundschaft fängt schon an, die Kanzleien zu meiden, und manche fürchten, es entwickelt sich ein öffentlicher

Skandal daraus. Sie müssen unbedingt etwas unternehmen, und zwar unverzüglich."

Ich war schreckensstarr über diesen Sturzbach und hätte mich in meines nichts durchbohrendem Gefühl am liebsten in meinem neuen Büro eingeschlossen. Vergeblich berief ich mich darauf, daß Bartleby mich nichts angehe – nicht mehr als irgend jemanden sonst. Vergeblich: ich war der letzte, von dem man wußte, daß er mit ihm zu schaffen gehabt hatte, und sie hielten sich an mir schadlos. Gepeinigt von dem Gedanken, man könne mich in der Presse bloßstellen (denn das hatte einer der Anwesenden in dunklen Andeutungen angedroht), überlegte ich hin und her und erklärte schließlich, wenn mir der Rechtsanwalt in seinem Büro Gelegenheit zu einer vertraulichen Besprechung mit dem Schreiber gebe, wollte ich noch desselbigen Nachmittags nach besten Kräften versuchen, die Herrschaften von der mir geschilderten Plage zu befreien.

Als ich zu meinem alten Quartier hinaufstieg, fand ich Bartleby still auf dem Treppengeländer sitzen, da, wo die Treppe einen Absatz machte,

„Was tun Sie hier, Bartleby?“ sagte ich.

„Ich sitze auf dem Treppengeländer“, erwiderte er milde.

Ich winkte ihm, mir in das Anwaltsbüro zu folgen; dort ließ man uns allein.

„Bartleby“, sagte ich, „ist es Ihnen bekannt, daß Sie den Anlaß zu mir sehr beschwerlichen Mißverständnissen geben, indem Sie sich hartnäckig hier im Hauseingang herumtreiben, nachdem man Sie aus dem Büro hinausgewiesen hat?“

Keine Antwort.

„Es muß jetzt eines oder das andere geschehen. Entweder Sie fassen einen Entschluß oder er wird über Ihren Kopf weg gefaßt. In was für einem Berufszweig würden Sie sich gern betätigen? Möchten Sie wieder für jemanden Abschreibearbeiten machen?“

„Nein, ich möchte mich lieber nicht verändern.“

„Würde Ihnen ein Posten als Kommis in einem Kurzwarengeschäft zusagen?“

„Da ist man zu sehr an einen Fleck gebunden. Nein, ein Posten als Kommis sagt mir nicht zu – ich bin aber nicht wählerisch.“

„Zu sehr an einen Fleck gebunden“, rief ich. „Sie binden sich ja selber an einen Fleck!“

„Nein, einen Posten als Kommis möchte ich lieber nicht annehmen“, versetzte er, als wolle er diesen bescheidenen Punkt sofort geklärt wissen.

„Und wie wäre es mit einem Posten als Schenkkellner? Dabei strengt man die Augen nicht an.“

„Das würde mir in keiner Weise zusagen – obwohl ich, wie gesagt, nicht wählerisch bin.“

Seine ungewohnte Gesprächigkeit ermutigte mich. Ich versuchte von neuem mein Heil.

„Na schön – vielleicht möchten Sie im Land herumreisen und für Kaufleute Rechnungen einziehen? Das käme Ihrer Gesundheit zustatten.“

„Nein, ich möchte lieber etwas anderes tun."

„Aha – und als Reisebegleiter nach Europa fahren, einen jungen Herrn gesellschaftlich unterhalten – wie würde Ihnen das passen?"

„Sehr schlecht. Für mein Gefühl ist da gar nichts Dauerndes dabei. Ich möchte gern seßhaft werden. Aber ich bin nicht wählerisch."

„So, seßhaft? Na, seßhaft sollen Sie also werden!" schrie ich ihn an, denn ich verlor nun alle Geduld und geriet zum erstenmal, seit ich diese auf die Nerven gehende Bekanntschaft unterhielt, in eine wirkliche Wut. „Wenn Sie nicht bis heute abend dieses Grundstück verlassen, sehe ich mich veranlaßt – und nicht nur veranlaßt, sondern verpflichtet – das – das Grundstück selbst zu verlassen ..." Ich kam zu diesem etwas sinnlosen Schluß, weil ich nicht wußte, mit welcher Drohung es mir gelingen möchte, den unbeweglichen Gesellen hinlänglich zur Raison zu bringen. Jede weitere Bemühung schien mir unnütz, und ich wollte schon davonstürzen, als mir ein letzter Einfall kam – ein Einfall, mit dem ich auch vorher schon zuweilen geliebäugelt hatte.

„Bartleby“, sagte ich, so freundlich ich es in meiner gegenwärtigen Erregung vermochte, „wollen Sie mit mir nach Hause kommen – nicht in mein Büro, sondern zu mir in meine Wohnung? Und bei mir bleiben, bis wir uns in aller Ruhe und Gemütlichkeit auf einen passenden Ausweg geeinigt haben? Kommen Sie, wir wollen gleich zusammen losziehen!“

„Nein, im Augenblick möchte ich mich lieber überhaupt nicht verändern.“

Ich gab keine Antwort mehr. In jäher, rascher Flucht, die mich denn auch vor jeder Begegnung bewahrte, stürzte ich auf die Straße hinaus, lief die Wall Street hinauf nach dem Broadway und sprang dort in den ersten Omnibus, der mich bald jeder Verfolgung entzog. Sobald mir die ruhige Besinnung wiederkehrte, konnte ich mir in voller Deutlichkeit sagen, daß ich das Menschenmögliche getan hatte, sowohl mit Rücksicht auf die Forderungen des Hausherrn und seiner Mieter, wie auch im Hinblick auf meinen Wunsch und mein Pflichtgefühl, die mich drängten, Bartleby Gutes zu tun und ihn vor roher Verfolgung zu bewahren. Ganz bewußt strebte ich nun nach einer Gemütsstimmung der Ausgeglichenheit und Sorglosigkeit, und mein Gewissen gab mir darin recht – aber freilich, ganz so wie ich wollte, gelang mir der Versuch nicht. Meine Furcht, der aufs äußerste gereizte Hausherr und seine ergrimmten Mieter könnten mir aufs neue auf den Hals kommen, war so groß, daß ich Beißzange für einige Tage mit der Führung des Geschäfts beauftragte und in meinem Kütschchen in die obere Stadt und in die Vororte hinausfuhr. Auch nach Jersey City und Hoboken setzte ich über und stattete Manhattanville und Astoria flüchtige Besuche ab. Ich lebte während dieser Zeit geradezu in meiner Kutsche.

Als ich wieder in die Kanzlei kam, lag denn auch tatsächlich ein Brief von dem Hausherrn auf meinem Pult. Ich öffnete ihn mit zitternder Hand. Mir wurde mitgeteilt, der Absender habe nach der Polizei geschickt und Bartleby als Landstreicher in die sogenannten Gräber einliefern lassen. Da ich besser über ihn Bescheid wisse als sonst jemand, ersuche er mich, dort vorzusprechen und den Hergang in zweckmäßiger Weise zu Protokoll zu geben. Die Nachricht machte auf mich einen zwiespältigen Eindruck. Zuerst war ich empört; schließlich aber empfand ich doch so etwas wie Zustimmung. Indem der Hausherr derart energisch durchgegriffen hatte, war er auf einen Ausweg verfallen, zu dem ich mich höchstwahrscheinlich nicht entschlossen hätte. Andererseits war es, unter diesen eigentümlichen Umständen, das einzig mögliche letzte Auskunftsmittel.

Wie ich später erfuhr, erhob der arme Schreiber bei der Nachricht, er werde nach den Gräbern abgeführt, nicht den mindesten Widerstand, sondern ließ in seiner bläßlichen, regungslosen Weise alles ruhig mit sich geschehen.

Von Mitleid oder Neugier getrieben schlossen sich etliche von den Zuschauern dem Zuge an, und so schob sich denn – an der Spitze ein Polizist Arm in Arm mit Bartleby – eine schweigende kleine Prozession durch den Lärm, die Hitze und die vergnügte Betriebsamkeit der mittäglichen Verkehrsadern.

Am gleichen Tag noch, an dem ich den Brief erhalten, begab ich mich nach den Gräbern oder, um mich korrekter auszudrücken, nach der Strafanstalt. Ich fragte mich zum zuständigen Beamten durch, setzte ihm den Zweck meines Kommens auseinander und erfuhr, die von mir beschriebene Person befinde sich allerdings im Hause. Ich versicherte dem Beamten, Bartleby sei ein durchaus redlicher Mensch und verdiene großes Mitleid – er sei nur in einer ganz unerklärlichen Weise überspannt. Ich erzählte, was ich von ihm wußte, und regte schließlich an, man möge ihn in einer tunlichst gelinden Haft im Hause behalten, bis sich eine Möglichkeit zu noch versöhnlicherem Verfahren biete – wiewohl ich nicht recht wußte, was sich da bieten sollte. Für den Fall, daß man zu keinem Entschluß gelangte, mußte ihn das Armenhaus aufnehmen. Zum Schluß bat ich um die Erlaubnis, ihn zu sprechen.

Da er keines groben Vergehens bezichtigt war und sich in jeder Weise still und harmlos verhielt, hatte man ihm gestattet, sich frei innerhalb des Gefängnisses zu bewegen und sich besonders in den eingefriedeten, grasbewachsenen Höfen aufzuhalten. Da fand ich ihn denn, allein in dem stillsten von den Höfen, das Gesicht einer hohen Mauer zugekehrt, während ringsum, so mußte ich denken, aus den engen Schlitzen der Zellenfenster die Blicke von Mördern und Dieben nach ihm ausspähten.

„Bartleby!"

„Ich kenne Sie", sagte er, ohne umzublicken, „und ich habe Ihnen nichts zu sagen."

„Ich war es nicht, der Sie hierher gebracht hat, Bartleby", sagte ich, schmerzlich betroffen von dem in seinen Worten angedeuteten Verdacht. „Sie sollten auch nicht so bitter von Ihrem Aufenthalt hier denken. Es hat nichts Ehrenrühriges, daß Sie hier sind. Sie sehen ja auch, es ist kein so trauriger Platz, wie man meinen sollte. Schauen Sie, da ist der Himmel, und da das Gras ...."

„Ich weiß, wo ich bin“, erwiderte er. Mehr war nicht aus ihm herauszubringen, und ich verließ ihn.

Als ich wieder auf den Gefängnisgang kam, sprach mich ein breiter, wie ein Stück Fleisch aussehender Mensch mit einer Schürze an. Er schlenkerte den Daumen über die Schulter und fragte: „Ist das ein Freund von Ihnen?“

„Ja.“

„Will der verhungern? Dann brauchen Sie ihn nur auf Gefängniskost zu setzen – das genügt.“

„Wer sind Sie?“ fragte ich. Ich wußte nicht recht, was ich aus einem so wenig amtlich redenden Gesellen an diesem Ort machen sollte.

„Ich bin der Mann mit dem Essen. Die Herrschaften, die Freunde hier sitzen haben, stellen mich an, damit sie etwas Gutes zu futtern bekommen.“

„Ist das so?“ fragte ich, an den Beschließer gewandt.

Er sagte, es stimme.

„Na schön“, sagte ich und ließ dem Essensmann (denn so nannte man ihn) etwas Silbergeld in die Hand gleiten, „ich möchte, daß Sie auf meinen Freund besonders achtgeben. Besorgen Sie ihm das beste Essen, das Sie auftreiben können. Und dann: seien Sie immer recht höflich zu ihm."

„Stellen Sie mich doch bitte vor", sagte der Essensmann und schaute mich mit einem Ausdruck an, der mir zu bedeuten schien, er sei ganz Ungeduld und wünsche sich dringend eine Gelegenheit, seiner guten Erziehung die Zügel schießen zu lassen.

In der Erwartung, es werde für den Schreiber von Vorteil sein, erklärte ich mich einverstanden. Ich bat den Essensman um seinen Namen und ging mit ihm zu Bartleby hinaus.

„Bartleby, da ist ein Mann, der es gut meint. Er wird Ihnen manches nützen können."

„Ihr Diener, Sir, Ihr Diener", sagte der Essensmann und machte hinter seiner Schürze eine tiefe Verbeugung. „Hoffentlich sagt es Ihnen zu hier, Sir? gepflegtes Grundstück – kühle Wohnräume – hoffentlich bleibt der Herr eine Weile bei uns – alles tun, daß Sie sich behaglich fühlen. Was möchten Sie heute zum Essen haben?"

„Ich möchte heute lieber nicht essen“, sagte Bartleby und wandte sich zum Gehen. „Es würde mir nicht bekommen – ich bin an Mahlzeiten nicht gewöhnt.“ Mit diesen Worten entfernte er sich langsam nach der anderen Seite des Hofes und stellte sich vor einer kahlen Mauer auf.

„Nanu?“ sagte der Essensmann, mit einem erstaunten Blick an mich gewandt. „Der ist wohl komisch, was?“

„Ich glaube, er ist ein bißchen gestört“, sagte ich traurig.

„Gestört? Gestört also? Wissen Sie, Ehrenwort, wenn Sie mich gefragt hätten, ich hätt'n für einen von den Herren Falschmünzers gehalten. Die sind immer so bleich und wohlerzogen, die Falschmünzers. Mir tun sie immer leid, Sir, weiß Gott, mir tun sie immer leid. Haben Sie Monroe Edwards gekannt?“ fragte er eindringlich und wartete, daß ich antworten sollte. Er legte seine Hand mit einem wehleidigen Ausdruck auf meine Schulter und seufzte: „Er ist in Sing-Sing gestorben, an der Schwindsucht. Sie haben ihn also nicht gekannt, den Monroe?“

„Nein, ich habe nie in Falschmünzerkreisen verkehrt. Aber ich kann mich leider nicht länger aufhalten. Kümmern Sie sich um meinen Freund da drüben. Es soll Ihr Schade nicht sein. Auf Wiedersehen."

Einige Tage später erhielt ich abermals Zutritt zu den Gräbern und lief durch die Gänge auf der Suche nach Bartleby. Ich konnte ihn aber nicht finden.

„Es ist noch nicht lang her, da hab ich ihn aus seiner Zelle kommen sehen", sagte ein Wärter. „Vielleicht ist er auf den Hof hinaus und macht sich Bewegung."

Ich wandte mich der angegebenen Richtung zu.

„Suchen Sie nach dem Stillen?" sagte ein anderer Wärter, an dem ich vorüberkam. „Draußen liegt er – schläft da draußen im Hof. Vor 'ner Viertelstunde hab ich gesehen, wie er sich niederlegte."

Im Hof herrschte völlige Stille. Die gemeinen Sträflinge durften nicht hinein. Die Mauern ringsum, erstaunlich dick gebaut, hielten jeden Laut ab. Die gleichsam ägyptische Architektur lastete düster auf mir. Unter meinen Füßen aber sproß ein weicher, hier eingefangener Rasen, Man war hier wie im Herzen der uralten Pyramiden, wo kraft seltsamer Magie, von Vögeln vertragen, durch die Ritzen Grassamen eingedrungen war und aufgegangen.

Seltsam zusammengesunken zu Füßen der Mauer, die Knie angezogen, auf der Seite liegend, den Kopf auf den kalten Steinen – so fand ich ihn liegen, den verkommenen Bartleby. Nichts rührte sich. Ich wartete; dann trat ich nahe hinzu, beugte mich über ihn und sah, daß seine trüben Augen offen standen; im übrigen schien er tief in Schlaf versunken. Es trieb mich, ihn anzufassen. Ich fühlte seine Hand – da lief ein prickelnder Schauder meinen Arm empor, mein Rückgrat entlang, bis hinab zu meinen Füßen.

Das runde Gesicht des Essensmanns blickte auf mich herab. „Sein Essen ist fertig. Will er heut wieder nicht essen? Oder lebt er ohne Essen?"

„Lebt ohne zu essen", sagte ich und drückte ihm die Augen zu.

„He? – Der schläft doch, was?"

„Mit Königen und Ratsherren", sagte ich leise.

Eigentlich ist dieser Geschichte kaum noch etwas hinzuzufügen. Mit einiger Phantasie kann man sich die Schilderung von der Beerdigung des armen Bartleby leicht selber ergänzen. Doch möchte ich, bevor ich mich vom Leser trenne, gern noch das eine sagen: sollte ihn die kleine Erzählung hinlänglich gefesselt haben, so daß er etwa wissen möchte, wer Bartleby war, und welches Leben er vor seinem Eintritt in den Bekanntenkreis des Erzählers geführt haben mag, so kann ich nur erwidern, daß ich diese Wißbegierde vollauf teile, aber leider durchaus nicht zu stillen in der Lage bin. Ich weiß auch nicht recht, ob ich hier eine unbeträchtliche Nachricht mitteilen soll, die mir einige Monate nach dem Hinscheiden meines Schreibers gerüchtweise zu Ohren gekommen ist. Worauf sie sich gründete, konnte ich niemals in Erfahrung bringen; kann also auch nicht sagen, wie weit ihr zu glauben ist. Immerhin, für mich ist der äußerst unbestimmte Bericht von einem gewissen anregenden Interesse gewesen, so traurig er auch klang, und so mag es anderen ähnlich ergehen – ich erwähne ihn daher hier in aller Kürze. Er lautete so: Bartleby habe einen untergeordneten

Schreiberposten im Amt für unbestellbare Briefe in Washington innegehabt und sei dort infolge eines Wechsels in der Verwaltung plötzlich entlassen worden. Wenn ich über dieses Gerücht nachdenke, überfallen mich immer unaussprechliche Empfindungen. Unbestellbare Briefe! – Haben sie nicht etwas von Gestorbenen? Man stelle sich einen Menschen vor, den schon Natur und Schicksalsungunst für eine fahle Hoffnungslosigkeit vorbestimmen – kann es für einen solchen Menschen einen geeigneteren Beruf geben als den beständigen Umgang mit den unbestellbaren Briefen, den Briefen, die er für den Flammentod sortieren muß? Denn ganze Wagenladungen solcher Briefe werden alljährlich verbrannt. Manchmal entnimmt der blasse Beamte dem zusammengefalteten Papier einen Ring – der Finger, für den er bestimmt war, modert vielleicht schon im Grab; oder eine Banknote, die Botin rascher Hilfsbereitschaft – aber der, dem sie Hilfe bringen sollte, weiß nichts mehr von Essen und von Hunger nichts. Verzeihung denen, die verzweifelnd starben; Hoffnung denen, die hinübergingen ohne Hoffnung; gute Nachricht denen, die gestorben sind unterm Würgegriff der ungelinderten Not. Briefe, um des Lebens willen abgesandt, eilen sie dem Tod entgegen.

Ja, Bartleby! Ja, Menschentum!